JN087584

聖杯壊れじゃ

高原の幼女
アズサ
猫獣人のアンデッド
ポンデリ

武道家スライム
ブッスラー
アルミラージの吟遊詩人《ぎんゆうしじん》
クク

ましょう!!

レッドドラゴン女学院
Red Dragon Women's Academy
スライム倒して300年、
知らないうちにレベルMAXになってました
—スピンオフ—
さあ、戦い

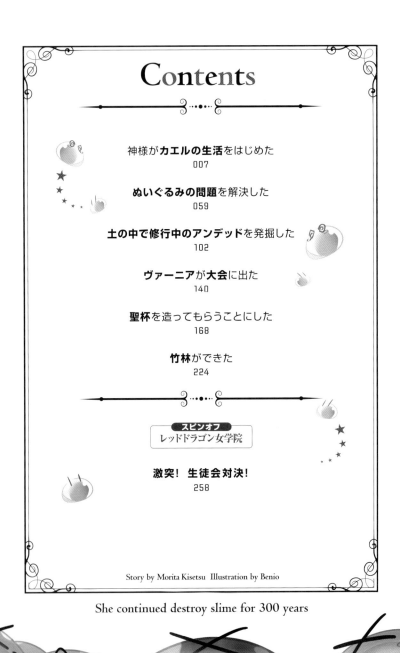

Contents

Story by Morita Kisetsu Illustration by Benio

She continued destroy slime for 300 years

スライム倒して300年、知らないうちにレベルMAXになってました19

Morita Kisetsu
森田季節
illust. 紅緒

アズサ・アイザワ（相沢 梓）

主人公。一般的に「高原の魔女」の名前で知られている。
17歳の見た目の不老不死の魔女として転生してきた女の子（？）。
いつの間にか世界最強になっていて大変な目に遭いもしたが、
そのおかげで家族が出来てご満悦《まんえつ》。

継続はパワーなり。
継続できることしかしません！

ごきげんようお姉さま。
さぁ、拳で語らいましょう！

ライカ

レッドドラゴンの娘で、アズサの弟子。最強の高みを目指し、
毎日コツコツ努力する頑張り屋の良い子。ゴスロリやメイド服といった
ふりふりな服がとても似合う（本人は恥ずかしがる）。
本書掲載の外伝「レッドドラゴン女学院」の主人公。

ファルファ&シャルシャ

スライムの魂が集まって生まれた精霊の姉妹。
姉のファルファは自分の気持ちに
正直で屈託《くったく》がない子。
妹のシャルシャは心づかいが細やかで
気配りが出来る子。
二人ともママであるアズサが大好き。

ママー、ママー！　ママ大好き！
……体は重くとも、心は軽くあるべき

さぁ、今日は
何を食べましょうかね♪

ハルカラ

エルフの娘で、アズサの弟子。
キノコの知識を活かし会社を経営する
立派な社長さんなのだが、高原の家では、
ところ構わず〝やらかし〟てしまう
一家の残念担当に過ぎない。

ベルゼブブ

ハエの王と呼ばれる上級魔族で、魔族の農相。
ファルファとシャルシャを
まるで姪っ子かのように愛でており、
魔界と高原の家を頻繁に行き来している。
アズサの頼れる「お姉ちゃん」。

わらわの名はベルゼブブ！
魔族の国の農相じゃ‼

フラットルテ

ブルードラゴンの娘で、アズサに服従している。
レッドドラゴンのライカとは、
同じドラゴン族なので何かと張り合うが、
根は楽天的で元気な女の子。
ライカと違って人型の時も尻尾がある。

レッドドラゴンと
馴れ合う気はないのだ！

アタシ、姐《ねえ》さんに
ずっとついていきます！

ロザリー

高原の家に住む幽霊少女。
幽霊である自分を遠ざけず、
手を差し伸べてくれたアズサに心酔している。
壁を抜けられるが人は触れない。
人に憑依する事も可能。

サンドラ

マンドラゴラの女の子。三百年育った末に
意志を持ち動くようになった存在。
れっきとした植物で、高原の家の
家庭菜園に住んでいる。意地っ張りで
強がっている事も多いが、寂しがりな一面も。

私は庭に生えてる
だけだからね！ がお～！

ペコラ（プロヴァート・ペコラ・アリエース）

魔族の国の王。その権力や影響力を使って
アズサや周りの配下を振り回すのが
大好きな、小悪魔的気質を備えた女の子。
実は「自分より強い者に従属したい」という
マゾ気質を備えており、アズサに心酔している。

クールな雰囲気の
魔女のお姉様、最高ですぅ

すいません。妹がいいかげんな性格で……
あ～、上司のお金で温泉行きたいな～

ファートラ&ヴァーニア

ベルゼブブの秘書を務めるリヴァイアサンの姉妹。
巨大な竜の姿に変身でき、アズサたちの
魔族の国への送迎やお世話を担ったりも。
姉のファートラはしっかり者で有能。
妹のヴァーニアはドジっ子だが料理が得意。

メガーメガ神

アズサをこの世界に転生させた張本人。
この世界を体現するような、
朗らかで人当たりがよく、
そしていい加減な性格の女神様。
女性に甘く、ついつい甘い裁定をしてしまう。

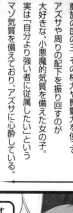

アズサさんのお力を借りたいな～と

ニンタン神

この世界で古くから信仰されている女神様。常に上から目線で、気に入らない相手をすぐカエルに変身させてしまう困った性格だが、人間（レベルMAXを突破したアズサ）に負けたことで、少し丸くなった。

こわっぱめ！
お前もカエルにしてやろうか

結婚式パックは
いろいろと用意してるっス！

ミスジャンティー

松の精霊。

昔から結婚の仲立ちをする存在として信仰されていたものの、最近は風習そのものが廃れてきており焦っている。アズサたちと知り合い、フラタ村に神殿（分院）を建てた。

オースティラ

パールドラゴンの娘で、竜王戦ファイナリスト。ライカとの再戦を求め高原の家にやってきていたものの、いつの間にか趣味友のような立ち位置になっている。手先が器用で、利き酒とぬいぐるみ作りが得意。

上を目指していかないと
面白くないじゃありませんか

神様がカエルの生活をはじめた

She continued destroy slime for 300 years

フラタ村は高原《こうげん》にある小さな村だけど、実は神殿がある。

といっても、古くからの歴史があったりはしない。むしろ、かなり浅い。ここ何年かの出来事だ。

買い物の時、ちょうどその神殿の横を通った。

神殿には「メガーメガ神殿　フラタ村分院」のネームプレートがついている。

そう、ここはメガーメガ神様が自分の教えを広めるために作った施設なのだ。

私は神様の存在をよく知っているので、熱心に信仰したり崇拝《すうはい》したりする気は起きないけど、こんな村にも建物を作るぐらいには教えも広まっているんだろう。

なお、同じ敷地内に松の精霊のミスジャンティー神殿もあるんだけど、あまり信仰されていない。村の中には松が生えてないんだから、ある意味では当然かもね。

順序からいくと、ミスジャンティー神殿のほうが先に建ったのだけど、もうみんな忘れているかもしれない。

信仰の世界も優劣というのがあるらしい。そんなところぐらい、競争せずにやってほしいけど、信仰対象が複数あるなら、横並びということは無理なのだろう。

そんなことをぼんやり考えながら、私は神殿のそばの道を歩いていた。

だが、その時、奇妙なことが起こった。

神殿のネームプレートが外れて、地面に落ちた。

人にぶつかって大ケガをするようなサイズのものじゃないけど、いいかげんな設計だな……。そういうところは手抜きせずにちゃんとやってほしい。

今度はバサバサと羽音がした。

見上げると、カラスの群れが空を舞っている。

そのカラスたちが一斉に神殿の屋根の上に留《と》まって、カーカーカーと鳴きだした。

「なんか、全体的に不吉だな……」

まあ、この世界でカラスが屋根の上に集まると縁起が悪いという迷信が存在するかは謎《なぞ》だけど、不気味《ぶきみ》な印象があると言えば、ある。

さらに、数匹の黒猫が神殿の前に集まってきた。

猫自体はかわいいのだけど、これも少し縁起が悪い。

なんだろう。偶然《ぐうぜん》とはいえ、やけに不吉な事象が重なっているように感じる。

しかも、神殿のところにばかり。

こういうのって、たいていは気にしすぎなんだけどね。

普段からそんなことはよくあって、重なった時のことだけ人間が意識してしまうからとか、そんなのが真相なのだ。

だいたい、メガーメガ神様はまさに神なのだから、死ぬこともなければ病気になることもないはずである。

神殿の経営がきついとかいった問題はあるかもしれないけど、本人の身にピンチが起きようがない立場だから心配することもあるまい。

その時、ポロロロン、ポロロロロンとハープみたいな音が聞こえた。

神殿の敷地で神の一人がハープとおぼしき楽器を奏《かな》でている。

「あなたは……運命の神カーフェン！」

一回、厄年《やくどし》があるのかないのか聞きに行ったことがある。

結論だけ言うと、あまり気にせずに生きなさいということだったはずだ。言ってることが理屈っぽくてわかりづらいんだよな。わざとわかりづらく言っている気がする。

けど、なんでカーフェンがこんなところにいるんだ？

自分のテリトリーにじっとしていて、自分からはわざわざ出向かないタイプの神様という印象だったんだけど。

「この神殿で祀《まつ》られている神に、運命が大いなる災いと試練を与えている気がしてね」

なんとなく、格好をつけたような雰囲気を出したまま、カーフェンは言った。

本来、運命の神が話す内容としてはシャレにならないことのはずなんだけど、八割ぐらいはキャラ付けのためのポーズだと思うので、あんまり真に受ける気はしない。

ある意味、そのうさんくささに助けられているとも言える。

とはいえ、確認しないわけにもいかない。

「あの、メガーメガ神様が受けている試練って何ですか？　というか、試練って神が与えるものであって、神が受けるものではないのでは……」

神様昇進テストみたいなものでもあるのか？　メガーメガ神様は降格処分のような目に遭《あ》ってるはずなので、その逆もあるのかもしれない。

また、ポロロロンとハープを奏でながら、カーフェンが続けた。

「運命の神であるボクにはわかるよ。あの神様はね、今、肉体の変容と戦っている。いや、戦うというのは語弊があるね。肉体に完全なる実体も正しい状態もないのだから。髪の毛や爪《つめ》が抜けてもまた生え変わるように、この肉体は常に変容しているのさ。つまり、今日の自分と、一年前の自分はまったく違う何者かであるとさえ言えるわけだよ」

「あなたの言葉の解釈、だいたいわかってきました。この場合、大事なことは序盤に言っておいて、残りの大部分はおまけですよね」

つまり、この場合はメガーメガ様の体が何か変化してるみたいなことだけを確認できればそれでいいのだ。

あれ……？

それって大きな問題なのでは？

「あの、メガーメガ神様にいったい何が⁉」

またハープを鳴らされた。それ、いちいち鳴らさないとしゃべれないのか。そういう芸人みたいに感じる。

「だから、肉体が変容しているみたいなのさ。運命の神であるボクにわかるのはそれぐらいだね。といっても、そこまでの危急のものは感じないよ。それは確信できる」

運命の神が確信できるとまで言うなら、信じてよいのだろう。

「その根拠は、あれさ」

カーフェンが神殿のほうを指差した。

黒猫たちがニャーニャーとじゃれあっていた。

「黒猫がかわいくて、牧歌的《ぼっかてき》で、邪悪《じゃあく》な気配までは感じないからね。だから、あれは恐ろしい運命の予兆とまでは言えない」

「ものすごく、雰囲気だけの回答！」

そのへんの一般人と同じレベルの根拠……。

「まあ、少しだけ聞きたまえ。黒猫が集まっているのは、神殿の管理者がたまにエサをあそこに置いておくから。カラスが神殿に上っているのは高いところから見下ろすほうが遠くまで見渡せて都合がいいから。合理的な理由があるし、おそらくカラスと黒猫が来るのが重なった時もよくあったはずなのさ。そこにプレートが落ちることが重なっただけだね」

今の内容は信用してよさそうだ。

とくに、神殿でエサをあげてるなら猫が集まるのは当然すぎることだ。来ないほうが心配になる。

「でも、あなた、災いっていう表現もしてた気がするけど、それは大丈夫なの……？」

「仮に同じ事象が誰《だれ》かに起きたとしても、災いとみなすかどうかは観測者次第さ。ボクにとっては災いと言えなくもないけど、本人がそう感じてないこともありうる。今回はそういうケースの気がするよ」

たしかにメガーメガ神様はゆるい。

だが、ゆるいだけでなく、プラス思考なのだ。

ちょっとしたことなら、くよくよせずに生きていそうである。

私みたいな第三者から見るとちょっとした災いだとしても、本人は案外楽しんでいる――そんなことは大いにあるだろう。

それなら、あんまり気にせずにおこう。本当に困っていれば、どうせメガーメガ神様のほうからカジュアルに話しかけてくるはずだ。

それはいいとして――

「あなた、何が起きたか、実はすべて知っていたりしない？」

何もかもわかったうえで私をおちょくってる気がするんだよな……。

カーフェンはハープをやけに鳴らしだした。

「知っているとも言えるし、知らないとも言えるね。この世の中のすべては偶然とも言えるし、必然とも言える。つまり、そういうことさ」

「雑な言い訳で乗り切ろうとしている！」

明らかに最初のほうより、雑になってるぞ！　その証拠に言葉も短い！　さっきはもっとだらだら話してた！

「あと、ハープはね、鳴らすことしかできなくて演奏は無理なんだ」

「そこだけは正直に言うんだ！　だったら、災いに関しても全部話してよ！」

「わかった。話すよ。今から話すよ。何もかも話すね」

「だから、早く話して！　内容に移って！」

「よし、今から三秒後に話そう。さん、にい……おっと、運命のいたずらでタイムアップだ！　アデュー！」

そう言って、カーフェンは消えてしまった。

「コントみたいな去り方をしたな、あの神……」

また神への信仰心が弱まってしまった。カスタマーサービスがあったら苦情の電話を入れるレベルだ……。

「申し訳ない。言い忘れたことがあった」

また、突如現れた！

「神様って登場が好き勝手すぎて困る！　せめて前触《まえぶ》れがほしい！」

「人生にはそんな偶然もあるということさ」

この人の論法、無敵なんだよな……。

カーフェンは黒猫のほうを指差した。いったい、何だ？　尻尾《しっぽ》が異常に長かったりもしないから、特殊なモンスターってこともないと思う。

「神殿に入るといい。それで君に関する運命は開けるだろう」

「ああ、猫じゃなくて神殿を指差してたのか」

それだけ伝えると、私が何か言う時間も与えずにカーフェンは消えてしまった。去り方も唐突だったので、本当に言い忘れただけだと思う。

「神殿に行けということは、十中八九、メガーメガ神様がいるよな」

なにせメガーメガ神殿なのだ。少なくとも、メガーメガ神様以外の神様よりははるかに、そこにいる可能性が高い。

何のメリットがあるのかわからないけど、メガーメガ神様はカーフェンを使って私に神殿を訪れるように伝えた——そんなところだろう。

神殿の中に入るなんて、誰かに言われなきゃやらないからね。

ここまで言われて無視するのも悪いし、寄るだけ寄るか。

◇

神殿の中は静かだった。

信者も神官に当たる立場の人もいない。奥で作業中ということはあるかもしれないが、目につくところに人の姿はまったくない。

当然、メガーメガ神様の姿もない。

正面にメガーメガ神様の像が置いてあるが、人の姿をとっているものですら、私以外だとそれしか見当たらない。

初めて、神殿の中をまじまじと観察している気がする。

小さなフラタ村に建てられた神殿だけあって、建物はそこまで大きくない。

大部分は吹き抜けのがらんとしたスペースで、奥に階段で数段高くなった、神像を置いてるスペース。それと関係者控室みたいなところに入るのだろう、大きめの扉がある。

念のため、天井《てんじょう》も見上げてみるが、メガーメガ神様が浮いているということもなかった。

「無人だな……。空振りか」

予想が外れた。メガーメガ神様が災いを受けて困ってるだとか言って泣きついてくると考えていたのに。

トラブルは少ないに越したことはないけど、いないとなるとそれはそれで気になる。

まだ開けてない扉もあるし、念のため、チェックしておこう。

私のその判断は正しかったようだ。

前に出ていくと、大きめの扉がちょうど開きかけているのがわかった。

な〜んだ、メガーメガ神様は控室のほうで待っていたのか。神様なのに人間みたいな待ち方するんだな。


扉から大きなカエルが出てきた。

「うわ、カエル！　いや……これはメガーメガ神様か……。メガーメガ神様ですよね？」

メガーメガ神様はよくニンタンの怒りを買って、カエルの姿にされている。今回もそれだろう。

だいたい、人が乗れそうなサイズのカエルがどこにでもいるわけがない。少なくともフラタ村周辺には存在しない。

しかも、メガーメガ神殿にいるのだから、これで無関係なただのカエルということは絶対ない。

「ゲロゲーロ。アズサさん、大変なことになってしまったゲロ」

「やっぱり、メガーメガ神様ですね。またどこかの神様にケンカでも売っちゃいましたか……？」

「カエルから戻れなくなったゲロ―」

「ん？　戻れなくなった……？」

「そうなのである」

扉から今度はニンタンが出てきた。

メガーメガ神様がカエルになっているということは、カエルにした誰かが存在するわけで、それがニンタンということらしい。

「どういうこと？　魔法でカエルにしたんでしょ？　じゃあ、魔法を解《と》けばいいだけの話でしょ？」

「アズサよ、そのカエルの瞳《ひとみ》をよく見てみよ。以前よりはプリティーじゃろう」

プリティーって表現、ものすごく久々に聞いた。

私はじっとカエルの目を見てみた。

「たしかにくりくりしている。かわいくなってるかも」

「うれしいゲロー。神々《こうごう》しさすらあるはずゲロー」

メガーメガ神様も喜んでいる。神々しさがあるのは、神様なのだから当然という気もするが……。

「これは罰《ばつ》で姿を変えたカエルではない。かわいいカエルになりたいと言うから、特別にこの姿にしてやったのである」

「メガーメガ神様、カエルにはまりすぎ！」

もはや、プロフィールの趣味の欄に「カエルになること」と書けるレベルだと思う。

「しかしな、特殊なカエルだったため、元に戻す方法がわからなくなってしまった」

「そんなことってあるんだ！」

「いつものカエルの姿なら、時間さえ経《た》てば戻るし、いつでも元に戻せるが、今回はそうはいかぬ。無から作り上げた魔法であるがゆえ、解除ができぬというわけである」

素人《しろうと》から見ると、たいして差はないのではと思うのだけど、何か大きな違いがあるんだろう。

「変化の魔法を上書きしたりとかは？」

「神である朕《ちん》が作った特別な魔法なので、そういうこともできん」

そんなところで神様らしさを発揮されても……。


「つまり、カエルから戻れなくて困っている――そういうことでいいですね？」

「そうゲロ」とカエルが言った。

たしかにメガーメガ神様に災いが来ていた。

そして、本人はそこまで災いと感じている様子でもない。

やはりカーフェンはすべて知っていたな。

だが、これってカーフェンまで使って、だらだら前置きをつける意味があるようなことか……？

「大変ですね。だけど、このことで私ができることって何もない気がするんですけど」

神が新たに作った魔法を解くような方法はない。

「ああ、アズサに聞きたいのはそういうことではないのである」

だったら、何が求められているんだろう……？　今のところ、まったくわからない。

「のう、カエルが棲《す》むのに適している場所など、知らぬか？」

「はい？　何が言いたいの……？」

ニンタンの意図がいまだにわからん。

「カエルになって戻れなくなってしまった以上は、覚悟を決めてしばらくカエルとして暮らしていこうと思うゲロ。なので、カエルが棲みたくなるような、ほどよく湿った森があれば教えてほしいゲロ」

「覚悟を決めすぎ！」

メガーメガ神様、やる気になる場所がおかしいよ。そこは元に戻れるように努力すべきところじゃ……。

「どうせ、ニンタンさんが元に戻す魔法を作るまではこのままゲロ。だったら、カエルライフを徹底して楽しむのもアリかなと思ったゲロ。そんなこと、滅多《めった》にないゲロ。ピンチをチャンスにするゲロ」

プラス思考だな。いや、いいかげんなだけか。

「湿度の高い森なら知らなくもないですけど、神としての尊厳《そんげん》とか、いろいろ大丈夫なんですか？今の姿は骨の髄までカエルですよ」

「大丈夫ゲロ」「こやつに尊厳も何もないであろうが」

メガーメガ神様だけなく、ニンタンまで即答した。

神の側がそう言ってるなら、私が抗《あらが》う意味もないか。

「森か……。ここから遠方に行くのは面倒だから、近場の森にしますよ？」

カエル研究者でも何でもないので、どこが適しているかなんてわかるわけがない。

「はい、それでいいゲロー。むしろ、暇な時は高原の家に遊びに行くゲロー」

神様が気軽に遊びに来るのも問題だけど、巨大ガエルが来るのもなんかアレだな……。

私としては、依頼された内容を淡々《たんたん》とこなすだけなので、近くの森にある水辺まで二人を連れていった。

ちょろちょろと水が湧《わ》き出《で》ていて、カエルがいそうな環境だ。実際、小型のカエルを見かけることもある。

「このへんは年中涼しいから、温暖な土地の森と比べると、多分植生がシンプルなんですよね。熱帯雨林みたいなところが好みなら、気候が違いすぎるので自分で探してくださいね」

「なかなかよい環境ゲロ。大満足ゲロ」

カエルはぴょんぴょんとジャンプして喜びらしきものを表している。

「この姿だと『徳スタンプカード』を押せないけど、あとでたくさん押すゲロ」

「わかりました。覚えてたら、押してもらいにいきます」

あのスタンプはたまると何かがもらえるというものではなくて、自分の努力を視覚化しただけのものなので、忘れたからといって損した気持ちにもならないのだ。これを善行と言うのも何か違う気がするし……。

「では、朕《ちん》は元の姿に戻す魔法を作るのに励もうと思う」

ニンタンの言葉にカエルがグウェーと鳴いた。

おそらく「それで大丈夫です」みたいな意味だろう。

「なかなか戻り方がわからんかもしれんが、時間がかかることによるクレームは受け付けんからな。このカエルにするだけでも苦労したのであるし」

「カエルライフをエンジョイしてるゲロ」

こうして、人助けならぬ神助け、むしろカエル助けをしました。

◇

翌日、洗濯物を干していると、子供たちの歓声が聞こえてきた。

「とっても大きなカエルさんがいるー！」

「野生にこんなものがいるとは考えづらい。ペットが逃げ出したのかもしれない」

メガーメガ神様が本当にやってきた！

巨大ガエルがジャンプしながら、こっちのほうにやってくる。とんでもなく目立つ。

そういえば、娘たちはあのカエルが神様ということまでは知らないのか。

言っておいたほうがいいのかな。それとも、メガーメガ神様はあくまでもカエルとして振る舞いたいのだろうか。

しまったな。そういうことも確認しておくべきだったか。

カエルはそのままこっちまでやってきた。
※見た目は完全にカエルなので、原則カエルと表現することにします。

「アズサさん、ごきげんようゲロ」

「普通に話しかけてきた！」

「私は巨大ガエルゲロ。わけあって、近くの森で暮らすことになったゲロ。今後ともよろしくゲロ」

巨大ガエルという設定でいくわけか。じゃあ、それに従おう。

「わかったよ。また何かあったら来てね」

本来なら、どんなわけがあったのか、そこが気になるところだけど、ニンタンの魔法のせいと答えるわけにもいかないからそこは追及しない。

ところで人の言葉をしゃべっている点は娘たちは気にならないのだろうか。魔法も実在すれば、神様も精霊もいる世界なので、カエルがしゃべってもいいのかもしれないけど。

「ねえねえ、カエルさん、どうしてしゃべれるの？」

ファルファに質問されている。やっぱり異常だったんだ！

「私は知識をたくさん持ってるゲロ。賢いのだゲロ」

「だったら、しゃべれることもあるね～」

そんなふわふわな理由で納得できるんだ！

「カエルさん、一つ尋ねたい。シャルシャたちは乗ることはできる？」

「一人ずつならいけると思うゲロ。シャルシャちゃんが乗りたいなら乗ってみるゲロ」

おお、娘たちと遊んでくれるらしい。そこは素直にカエルに感謝しなきゃ。

「ただし、カエルだから少しぬれているので、そこはご容赦《ようしゃ》願いたいゲロ。全身が渇《かわ》くと呼吸ができなくて死んでしまうゲロ」

それはそうだよね。カエルだもんね……。

「シャルシャはその程度でためらいはしない。乗る」

シャルシャがカエルの背中に乗ると、カエルは大きくジャンプした。飛距離はだいたい五メートルぐらいだろうか。

「すごい、すごい！　面白《おもしろ》そう！　ファルファもやりたい、やりたい！」

ファルファもテンションが上がっている。たしかにこれは子供は喜ぶアトラクションかも。

菜園からサンドラもやってきた。おそらく、ファルファの楽しそうな声に釣られたんだろう。

ファルファがはしゃぐようなものなら、サンドラもはしゃげる可能性が高いからね。

「私も乗りたいわ。三番目でいいから乗らせなさい」

「じゃあ、ファルファと一緒にカエルさんにお願いしよっか。カエルさんは優しいからきっと、いいよって言ってくれるよ！」

カエルの背中に乗りたいとお願いする子供……。

カエルが来るだけで、いつもの高原がこんなに童話の世界になるとは。

昨日、メガーメガ神様からカエルになったという話を聞いた時はどうなることかと思ったけど、早速子供たちに大人気になっているし、ちょうどよかったのかもしれない。

元の姿に戻れないことを「ちょうどよかった」と言うのも変かもしれないけど、本人も好きでカエルをやっているらしいし、いいだろう。

そのあと、カエルが洗濯物を干している私のところにもやってきた。

「アズサさんも乗ってみますゲロ？」

「神様に乗るのってだいぶ不敬な気もするけど、そっちから言われてるのならいいか。じゃあ、一度お試しで」

私は魔法で空中浮遊もできるし、ドラゴンの背中に乗って移動することは珍しくないけど、カエルの背中に乗せてもらう飛距離の長いジャンプはそれとは全然違う面白《おもしろ》さがあった。

視界がほどよく変わる！

「これはまさしく子供たちが喜ぶやつだ！」

こんなアクションを魔法で作り出すことはほぼできない。魔法だとなんでもできるってイメージがあるけど、そんなことは全然なくて、自然界の大半のことは真似《まね》できない。

それこそ神のニンタンですら、かわいいカエルに変身させる魔法は作れても、元に戻せなくなっているぐらいなのだ。

せっかくだし、乗り物としてのカエルを堪能《たんのう》させてもらうことにしよう。

でも、欠点もあった。

「あっ、カエルさん、もういいです……」

「まだまだカエルは元気ゲロよ？　遠慮はいらないゲロ」

「これ、意外と酔うから……」

人生で経験したことのないタイプの移動なので、体が慣れてくれない。

カエルでの移動は人類にはまだ早すぎるのかもしれない……。

そのあとも娘たちはカエルといろいろ話をしていた。

これは子供じゃなくても誰だって興味を持つ。私だってカエルの正体を知らなければ質問攻めにしていたと思う。

「カエルさんはどうして水辺に棲んでることが多いの？」

「ファルファちゃん、的確でいい質問だゲロ。それは肌が乾燥しちゃうと呼吸困難になるからゲロ」

メガーメガ神様は完全にカエルとして振る舞い続けるらしい。

その決意の表れなのかは知らないけど、語尾のゲロも維持し続けている。

神様の仕事をしているところをあまり見ることがないから偏見かもしれないが、普段よりカエルの時のほうが真面目《まじめ》な気さえする。

「ねえ、カエルのベロってどれぐらい伸びるのよ。私のイメージだとベロでハエとか食べてるんだけど」

サンドラもいつもより積極的に感じる。カエルは草食じゃないからなじみやすいというのもあるのかな。

「では、伸ばしてみるゲロ。ベロ～ン」

二メートルぐらいベロが伸びた！　本気で長い！

「うわ～。ここまで来ると気持ち悪いのを通り越して、すごいとしか感じないわね……」

「お褒《ほ》めいただき光栄ゲロ」

サンドラが褒めたのか怪しいが、カエルが楽しそうなので別にいいだろう。

「自分でもここまでしっかり伸ばしたことがないので、驚いているゲロ」

「なんでカエルなのにやったことがないのよ」

「そ、それは……近距離で確実に仕留めるタイプということだゲロ……」

余計なことを言って少しテンパっている！

「シャルシャも質問したい」

シャルシャは手にノートを持っていた。部屋に戻って、取ってきたらしい。

「カエルさんは普段、何を食べている？　食生活を知りたい。基本的な食事はすでに研究で知られているが、それはカエルを観察した側の意見。カエル側からの情報発信は極《きわ》めてレア。学術的価値がある」

たしかに！　カエルとインタビューできる機会はあんまりない！

「そうゲロね。肉食だから、案外何でも食べられるゲロ。私は大きいからハエみたいに小さな虫じゃ足りないゲロ」

その時、他人事《ひとごと》とはいえ、かなり気になる点が頭をかすめた。

「あの、カエルさん、ちょっと来てくれる……？」

私はカエルを引っ張って、娘たちに声が聞こえないところまで誘導した。

「何ゲロ？」

「メガーメガ神様、カエルになってる時の食事ってどうしてるんですか？　まさか、本当に虫を食べてたりしてるんです？」

そう、カエルになってから食事してるところを見たことがなかった。

もちろん、虫を生で食べたらダメという法律なんてないし、カエル本来の食事だとも言えるからいいんだけど、神様が虫を食べるのはシュールだなと思った。

「ああ、ごはんの時は普通にパンを食べてます。カエルの姿のままではありますけど、神様の空間には戻れますし」

私しかいない場所では語尾のゲロはナシで大丈夫らしい。

「な～んだ。じゃあ、私の杞憂《きゆう》でしたね」

「昨晩は味噌《みそ》ラーメンと黒烏龍茶《くろウーロンちゃ》、デザートがマンゴープリンでした」

「むしろ、この世界になさそうなものを食べてる！」

私も味噌ラーメンを食べたくなってきたぞ。

「この姿だと箸《はし》を持つのに苦労しましたけど、慣れました」

カエルが前足をあいさつするみたいに出した。箸をつかめるなら、それはまさしく神業だと思う。

「本気でカエルライフを満喫してるんですね。見てる私までちょっと楽しく感じてきました」

かといってカエルになりたいなどとうかつに言うと、本当にカエルにされる未来が起こりそうなので、そこまでは言わない。

「ちなみにハエもカエルだと、なかなかおいしくいただけますね」

「結局、食べたんかい！」

「多分、カエル基準の味覚も備わってるんでしょう。なので、味噌ラーメンもハエもおいしくいただけますよ」

脳内に味噌ラーメンをずるずるすすっているカエルの図が浮かんだ。

「ちなみにハエの生食はオススメはしません。寄生虫の問題とかありそうですし」

「注意されなくても食べないので大丈夫です」

どれだけの期間、カエルで過ごすことになるのか不明だけど、今のところはメガーメガ神様はカエルライフを謳歌《おうか》しているようだ。

この世界の神に左遷《させん》されてしまった時もそうだったけど、メガーメガ神様は本来は悲しむべきところでもやけに楽しく過ごしていた。

能天気だとも表現できるけど、これはこれで長所なのだと思う。

「おっ、久しぶりにアズサさんに尊敬された気がします。やったー！」

「神様がそんなことで喜ばなくても。こっちが気恥ずかしいですよ……」

「だって、褒められて悪い気はしないゲロ」

おっと、カエルのモードに切り替えたな。

私とカエルは娘たちのほうに戻った。

「二人で何を話してたの？」とファルファに聞かれた。

「たいしたことじゃないゲロ。ハエを食べるかとか、そういう程度のことだゲロ」

誤魔化《ごまか》してくれてるけど、神様らしくウソはついてないな。

「カエルさん、そろそろお昼ごはんの時間だし、もしよかったらファルファたちと一緒に食べない？」

「カエルさんと会食するのは貴重な機会。料理は家にあるものを用意する。カエルさんも食べられるものがあれば言ってほしい。何か家にあると思う」

ファルファとシャルシャのこの提案に、カエルは二つ返事でＯＫしてくれた。

娘たちがぴょんぴょん跳ねて、喜んでいる。カエルの影響なのか、いつもより子供たちもジャンプしがちな気さえする。

「ハムやベーコンがあるとうれしいゲロ。アツアツは困るので、冷めてるやつでお願いするゲロ」

これはカエルという設定を意識しての言葉なのか、カエルの体だと熱いものがつらいのかどっちだろう。

というのも、私の脳内に冷めた味噌ラーメンを食べているカエルが浮かんだのだ。

冷めた味噌ラーメンは切ないので、できればアツアツを食べてもらいたい！

こうして、高原にシートを敷いて、そこでお昼をいただくことになった。

高原に家があると、ピクニックみたいなことがすぐにできるので、そこはありがたい。季節によっては外で食べると涼しすぎるけど、カエルが元気に動ける気候の時なら何も問題ない。

「このハム、うまいゲロ」

カエルは前足でフォークをつかんで、巻いたハムをしっかり刺して、口に運んでいる。箸でラーメン食べたのが事実なら、これぐらいは楽勝だろう。

カエルの表情もゆるんでいるのがわかる。

世間一般のカエルがそうなのか、メガーメガ神様のカエルだけなのかわからないけど、ちゃんとこのカエルは何を考えているのかが顔を見れば判断できるのだ。

娘とカエルが並んで、食事をするという変な光景が繰り広げられている。

シュールではあるけど、微笑《ほほえ》ましいな。もしカメラがあったら撮影して記録に残しておきたい。

——と、前方にニンタンが出現した。

姿が半透明なので、おそらく娘たちには見えない状態だろう。

「どんなふうに暮らしておるか見にきたが、童話の挿絵みたいな光景であるな……」

ニンタンの感想も私が感じたものによく似ていた。

カエルが軽く、ニンタンのほうに手を振った。

心の声もニンタンには通じるはずなので、こっちはカエルを交えてのスローライフをやってますと伝えた。

ある種、これまでのメガーメガ神様を含んでのトラブルとしては、最も軽くて楽しいものじゃないだろうか。

本来、カエルになって困るのはメガーメガ神様だけなので、そのメガーメガ神様がこの生き方に満足している時点で、マイナス面は存在してない。

今後も、トラブルを起こすとしても、こういうなごめるトラブルを期待したい。

「うむ。幸せをそのまま形にしたようである」

ニンタンは深くうなずいた。

娘たちもカエルと並んで、昼食を楽しんでいる。

食事の必要のないサンドラが残ってるのも、この時間を面白《おもしろ》く感じているからだろう。


そう、私もこんな感じのスローライフを送りたかったのだ！


久しぶりにあこがれの生活を手に入れた感覚がある。

「うむ、よいよい。これはよい」

神であるニンタンが何度も「よい」と言ってるということは、文句《もんく》なしに素晴《すば》らしいということだ。これ以上のものはない。

「この様子だと、永久にカエルのままでもよいかもしれぬな」

それはやりすぎ！　ちゃんと、メガーメガ神様の姿に戻れるようにはしてあげて！

メガーメガ神様だって、完全にカエルになりたいと願っていたわけではないのだ。一時的に変身

したかっただけのはずである。

北海道旅行がしたいのと、北海道に移住して一生暮らしたいのとは意味が違うようなものだ。観光で雄大な景色を見るのはいいけど、冬は極寒のところも多いので、気候に慣れてなければ何かと困るだろう。

「わかった。しかし、ここまでプリティーな表情のカエルにする魔法というのは難しかったので、解くのもなかなか大変であるのだ。カエル界の顔面偏差値だけで見れば、80を超えているであろう」

美しいものに変化させようとすると、それだけ難易度が上がるのか。

そういえば、人間が使うような変化魔法だって低レベルだと、やけにのっぺりした無表情に近いものになったような。美しくしようとすればするほど難しいというのはわからなくもない。

娘とカエルが並んでいて童話っぽいのも、カエルがかわいく見えるからという点が大きい。モンスターっぽい見た目で土気色《つちけいろ》の肌をしたカエルだっているものね。

不気味な見た目でも心優しいカエルもいるはずなので、見た目で判断してはいけないのかもしれないが、人間基準で美しく見えるもののほうがありがたい。ニンタンに感謝したい。

「美しくすることが難しいというより、顔を具体的に造形することが難しい。いい顔のカエルにするには細部まで決定しないとダメなのでな」

そう説明されればわかる。

人形やフィギュアのクオリティだって、表情で決まるところが大きいし。

「それに近いものであるな。そして、細かい工程が多い人形をその真逆に解体して、何も作っていないところまで戻すのが変化を解除する魔法になる。高い山に登れば登るほど、引き返すのも大変になるようなものである」

言われてみると大変さがわかる。神様ですら時間がかかるわけだ。

ちなみに、だいたいでいいけど、カエル姿を解く魔法ができるまで、どれぐらいかかりそうなの？

「三日から三年、あるいは三年から三十年ほどの期間が必要であろう」

もうちょっと、しぼろうよ！

災害予知なみのアバウトさだぞ。

「一応、努力はしておる。しかし、そこまで急いで元に戻す必要性もなさそうではある。メガーメガの奴《やつ》、カエルはこりごりみたいな反応ではないからのう。むしろ、今日で元に戻れるぞと言っても、まだこのままでいいと言うであろう」

また、カエルがこっちに手を振った。たしかに余裕がある。

自分がカエルになったら、あそこまでカエルライフを満喫する方向にすぐに舵を切れるだろうか？

一か月、カエルを続けていれば、そのあたりで割り切ってカエルとして楽しむということを考えられるかもしれないが、カエルになったばかりの頃は不便なことが多くてげんなりしただろう。

メガーメガ神様、もはやポジティブとかプラス思考みたいなゆるい表現で評しては失礼なぐらい、強いメンタルを持っているのでは？

「まあ、今後とも空き時間を使って、カエルの姿を解けるように努力を重ねるので、そっちはそっちでカエルとしての持続的生活を行うのに何が必要か考えてくれ」

元に戻るまで何年もかかる可能性もあるわけで、そのことも考慮するのは必要なことか。

私としても、カエルライフが飽きることがありませんように、と祈っておこう。

なんだかんだで、メガーメガ神様は私の恩人だからね。

「もっとも、あの様子なら飽きてしまったなどとは言い出さぬであろうがな。アズサよ、お前も気楽に構えておれ」

◇

「飽きました」

一週間後、水辺にいたメガーメガ神様に言われた。

「思いのほか、早く飽きちゃったかー!」

たしかに一週間というと、旅行した人もそろそろ実家が恋しくなる期間かもしれない。

とはいえ、数年の留学よりも長くなるおそれもあるのに、これは幸先《さいさき》が悪いぞ。

「そういえば、さっき、『ゲロ』を語尾につけなかったですけど、私と一対一の時はつけないというルールでいいんですよね?」

「あっ、しまった! 今のはイージーミスです! 森にいる時はそもそもしゃべらないので油断してたんです！」

そりゃ、人がいないのに人の言葉を使う必要がないもんね。

「勘違いしないでほしいんでゲロが、カエルライフに飽きたという意味ではないゲロ。カエルライフにはまだまだ無限の可能性が秘められているゲロ」

大きく出られると、かえってうさんくさいな……。

「じゃあ、具体的に、何に飽きたんですか？」

「この森での暮らしゲロ」

迷いなく答えたので、それは本心と言っていいだろう。

でも、わかるようで、よくわからない。

「どういうことです？　さらに具体的にお願いします」

「私は見てのとおり、大型のカエルだゲロ」

「たしかに人を乗せてジャンプできるカエルって、野生種だと確実に最大ですよね。地球にはいなかったと思います」

メガーメガ神様のカエルは目がくりくりしていて、怖いより先にかわいいと感じるからいいのだけど、ウシガエルを人間が乗れるサイズまで拡大すると、もうそれはモンスターにしか思えないだろう。

細かく調べてないけど、確実にそういうカエルのモンスターもいると思う。

「この森は大型のカエル向きではないゲロ。どうも体と場所が一致してなくて、不自然な印象が抜けないゲロ。いわば環境と物件の問題ゲロ」

「言いたいことはわかりました。でも、私はいろんな水辺を紹介できるかというと、限界がありますよ」

そりゃ、水辺だけなら無数にあるけど、水辺ならどこでもいいというわけでもないだろう。カエルだって種類によって、温帯の水辺がいいものもいれば、もっと熱帯のほうがいいというのもいるはずだ。

「とりあえず、今日も高原の家のほうへ行くゲロ」

一人だと暇なのか、メガーメガ神様はよく遊びに来るのだ。

もう、家族の全員が巨大ガエルを認知している。ハルカラなんかはカエルの油が生薬《しょうやく》になるのではないかと思って、話を持ち掛けていたが、却下されていた。

あと、ロザリーは魂にありえないものが入ってると言って、怖がって近づこうとしない。神様であることがロザリーにはなんとなくわかるらしい。

「ですね。娘たちはまだまだカエルのメガーメガ神様に飽きてないから心配いらないですよ」

娘たちもカエルと遊ぶのを楽しみにしているし、その部分ではウィンウィンの状態が続いている。

私は娘とカエルが高原で遊んでいるのを横目に、家の中に戻ることにした。

すると、窓からワイヴァーンが空を舞っているのが見えた。どうやら、誰か客人が来たらしい。

やってきたのはファートラだった。

「お久しぶりです。これ、以前にお願いされていた魔族の土地での薬草です」

「わざわざありがとう！　このへんでとれない薬草は助かるよ！」

私はファートラから薬草の入った袋やビンを受け取る。あくまでも、私の職業は魔女なので、薬を作る仕事に様々な薬草は欠かせないのだ。

「今、お茶を淹《い》れるから待っててね」

「ところで」

ファートラは窓のほうを見た。

「あのカエルは何ですか？　明らかに人とコミュニケーションがとれてるようですが」

たしかにあれは誰だって質問するよね！

「あのカエルはね、人の言葉がしゃべれる賢いカエルなんだよ。なんだったら会いに行ってみる？」

このまま接点を与えないほうが変だしな。

それに神様だとバレたとしても、そんな深刻な問題はないだろう。本来は大問題なはずなんだけど、メガーメガ神様がゆるすぎるからどうにかなるはずだ。

「わかりました。ちょっとコミュニケーションをとってみましょう」

お茶が出てくるのを待つ前に、もうファートラは外に出ていった。

私はお茶の用意をしつつ、ちらちら見ていたけど、談笑しているようだ。カエルって苦手《にがて》な人も多いイメージがあったのだけど、大きいカエルというだけでビビる人は今のところいない。

私もみんなを呼ぶために外に出る。

「ファートラ、お茶ができたよ。ファルファたちもいるんだったら、入ってきて」

「そしたら、私もお菓子《かし》だけでもいただくゲロ」

まさかのカエルも参加！

「別にいいけど、おなか壊したりしないでくださいね……」

カエルの姿をしていても神だから、腹痛になったりしないと思うが念のため。

カエルはドアから中に入るのに苦労してたけど、横を向いて少しずつ屋内に入ってきた。太っている人がドアを通過するのと同じような動きだ。

家の中に巨大ガエルがいると、外で見るよりさらにインパクトが強い。

カエルはテーブル横の空き空間にじっとしている。一応、椅子《いす》がいるか聞いてみたけど、不要とのことだった。たしかに座りづらそうだ。

テーブルの隅にカエル用クッキーのお皿を置くと、ちゃんと前足を伸ばして食べていた。

「ベロでつかむより、こっちのほうが楽ゲロ」

間違いなく、この世界で本物のカエル以外で最もカエルの生き方に詳しい存在だな。

「なかなか学のあるカエルさんのようですね。魔族にもこういった方はいないので、大変貴重です。多分、精霊だとかそういったたぐいの方なのでしょう」

ファートラも自分なりに解釈して受け入れてしまったようだ。科学で解明できないものがたくさん実在する世界だとこういう時、楽である。

「おたまじゃくしの時はどんな暮らしをされていたんですか？　おたまじゃくしの時も巨大だったのですか？」

ファートラもかなり質問するな。巨大すぎて、かつしゃべれる動物を見た時の一般的な反応なのかもしれない。

「おたまじゃくしの時は、あまり話したくないのだゲロ。申し訳ないゲロ」

忘れたとか言うとウソになってしまうから、巧妙に誤魔化した！

「嫌な過去があったのですね。掘り返してしまってすみませんでした」

ファートラ、そんな過去は何もないから気にしなくていいよ……。

「ファートラさん、そういえば魔族の土地にカエルにちょうどよさそうな森ってないゲロ？」

どうやら、メガーメガ神様はいろんな人にいい引っ越し先を聞いて回る気らしい。

魔族のファートラなら、私たちが全然知らないような好物件を知っている可能性はある。

「なるほど。このあたりの気候だと大きなカエルさんには向かないかもしれませんね。どちらかといえば、雨も少なくて乾燥している土地ですし」

「そうなのゲロ。遊びに来る分にはいいゲロが、暮らすのにはもっと適したところがあるのかもなと思っているゲロ」

この調子で数年戻らなかったら、神様であることを忘れて、カエルになってしまいそうで怖いな……。カエルへの順応性が強すぎる。

しかし、誰に聞いたって、そうそうカエル向けの立地なんて思い当たらないのではないか。

ファートラが住んでるのも城下町の住宅地だから、近所に沼なんてないだろうしな。

「それでしたら、魔族の土地よりも人間の領土によい場所がありますよ」

「えっ！　ファートラ、心当たりあるの？」

まさか、人間の土地で適した場所を教えてくれるとは考えてなかった。

「はい。魔族の土地は基本的に冷涼ですしね。おそらくカエルさんのおめがねにかなう場所は少ないでしょう。湿気の強い森なら、人間の土地の南のほうが好適地が多いですよ」

「立地にしてはそうだと思うけど、よく具体的な場所までわかるね。地理マニアなの……？」

ファートラは珍しくドヤ顔した。

「いいコケの生えている場所はたいてい把握してますからね。いいコケが育つ土地は湿気も強いことが多いです」

そういうことか！

ファートラはコケマニアなのだ。一度、家に行ったことがあるのでよくわかる。

まったくの偶然だけど、カエルが尋ねた相手は湿度の高い森についての専門家と言っていい立場の人だったのだ。

「もしお時間がよろしいようでしたら、早速今から参りましょうか。案内しますよ」

ファートラはやたらと乗り気だ。

「そこまでしてもらうのは悪いんだけど、いいの？」

「構わないですよ。それに私もコケの採集をしたいですし」

話がトントン拍子で進んでいくなあ……。

◇

私はカエルとライカに乗った。あと、娘たちもフラットルテに乗ってついてきた。ファートラはワイヴァーンに乗ってきたので、移動はできる。

カエルがドラゴンの背中に乗って、バランスは大丈夫かなと思ったけど、しがみついていれば大丈夫らしい。

ライカは「なんか湿ってて嫌ですね……」と言っていたけど。

そして、目的地である森に私たちは入った。

「どうでしょうか？　木にも石にもびっしりとコケが生えていますよね？　地下水がいくつも湧き出しています」

「素晴らしいゲロ！」

ぴょんぴょんカエルが跳ねた。はしゃいでる！

「緑も濃いゲロ！　森も深いゲロ！　本当に落ち着くゲロ！」

「そう言っていただけると、私も光栄です。具体的な種類までは知りませんが、けっこう大型のカエルも棲息《せいそく》しているはずですよ」

「うれしいゲロ！　まさに私にふさわしい場所ゲロ！」

カエルはベロまで伸ばして笑っている。

こういうのって、聞いてみるものだな……。

「ファートラさん、あなたはたくさんの功徳《くどく》を積んだゲロ。その慈悲心を誇ってよいゲロ」

「やけに説教くさい表現を使いますね。やっぱり、神聖な存在なんでしょうか？」

神聖さはないけど、神様ではあるので、ファートラの推理は正解だ。

「おや、本当に手のひら大よりはるかに大きいカエルがいますね」

ライカが森から出てきたカエルを目ざとく見つけた。たしかに、重量感のあるカエルがいた。

もっとも、カエルの背中に乗った身としては、たいしたことないように感じてしまうのだけど。

「仲間ゲロ。友達になってほしいゲロ」

カエル（神様のほう）がカエル（地元のほう）に向かっていった。

そういえば、カエルになったわけだけど、カエルたちとのコミュニケーションはとれるんだろうか？

「ほうほう。穴場スポットまで教えてくれてありがとうゲロ」

きっちり話が通じているな……。さすが神様だけのことはある。

カエルは私たちのほうにゆっくり歩いてやってきた。

「アズサさん、それとファルファちゃん、シャルシャちゃん、サンドラちゃん、普段の暮らしはここでしようと思いますゲロ。これまで遊んでくれてありがとうゲロ」

サンドラは名残惜《なごりお》しいのか、少し涙目になっていた。そんなにカエルとの日々は楽しかったのか。

「わわわっ！　心配しなくても遊びには行けるゲロ！　私は特別なカエルだゲロ。長距離移動ぐらいなんのそのゲロ！」

カエルはあわてながら、前足をサンドラの頭に乗せた。

正体を偽《いつわ》ったせいで、泣かせてしまうのはまずいと思ったんだろう。

「うん、わかったわ……。あなた、珍しさだけで言えば、私と同じぐらいに珍しいものね。何ができても驚かないわ」

「そうなんゲロ。いつでも会いに行くから予定を教えてほしいゲロ」

私が見てないうちに、そんなにしっかり友達になっていたんだな。

メガーメガ神様には今度、改めてお礼を言おう。娘たちの教育にプラスになったと思う。巨大ガエルは娘たちの生活にとってほどよい刺激だったのだ。

娘たちは最後に背中に乗せてもらって、カエルと別れた。別れたといっても、明日もまた高原の家のあたりにやってくることもできるだろうけど、正体を知らない娘たちにはそれがわからない。

ここは少しだけ耐えてね。仲良くなっても、別れることだってあるからね。

それから先も、たまにメガーメガ神様のカエルは高原の家のあたりに姿を現した。しっかり、娘たちとの約束を守ってくれたわけだ。

こんなことなら、最初から神様が変身したカエルだと伝えたほうがよかったのかもしれないが、しょうがない。メガーメガ神様にはとことんカエルとして振る舞ってもらおう。

どうやら、カエル姿でさほど困っている様子もないようだし（あれば確実に話してくるはず）、私はあまり関《かか》わらないでいた。

それに、カエルが高原の家の近くに来た時はいつもそばに娘がいるので、カエルのほうから私だけのところに来てくれないと話をするタイミングがないのだ。

もはや、高原にカエルがいるのは当たり前の風景になった。ライカやフラットルテが買い物の時に目にすると、あいさつしていたりするのが見えたりした。家族にとっても、ご近所さんぐらいの感覚になっている。


そして、近頃《ちかごろ》はカエルと一対一の会話をしてないな、と考えながら洗濯物を干していたある日。

唐突に、目の前にニンタンが出現した。

相変わらずいきなりだ。どうやらまた、ほかの人には実体が見えない状態らしい。では、こっちも心の声で会話しよう。

「カエルから元に戻す魔法を作ることに成功したぞ」

お〜、よかった。よかった。これで今回の件は万事解決だね。

「ところで、メガーメガはどこにいる？　この高原にいると思っていたのだが、姿が見えぬな」

ああ、メガーメガ神様なら南方の湿地の森にいるよ。こっちに来てることも多いけど、毎日ってほどじゃないから。

「あいつ、とことんカエルになりきらんと気が済まんのか。心までカエルになっておるみたいである」

ニンタンの言葉のせいで、少し気味の悪い想像が頭をよぎった。

本当に心がカエルになってしまってたらどうしよう……。

娘たちはよく遊んでいるんだけど、私はその様子を見ても、また今日もカエルがいるという程度にしか考えてなかった。カエルとの会話は、下手《へた》をすると一か月はしてないんじゃないか。

実はゲロゲロしか言えなくなってるなんてことはないよな……。カエルになったままでいると、神の記憶が消えていくとか……。

「そんな魔法の効果はないぞ。杞憂《きゆう》である」

ニンタンはあきれているが、メガーメガ神様があまりにも完璧《かんぺき》にカエルだったので、そんな不安も考えちゃうのだ。

あと、メガーメガ神様なら異常事態に陥《おちい》っても違和感がないというか。勝手にピンチに陥るようなところがあるからな。

「まっ、南方の森に行けばすぐにわかることであろう。アズサ、案内役を頼む」

洗濯物を干し終わったら、私はニンタンとカエルのところに出向くことになった。


私たちはファートラが紹介してくれた森に瞬間移動した。

神様と一緒だとこういう移動は楽でいい。しかし――

「メガーメガの奴、おらぬではないか。留守か？」

森にある沼のほとりに私たちは出てきたのだが、そこにカエルの姿はなかった。

森といっても広いし、この森のどこにいるかまではわからないよ。捜索が必要だね。

私たちはメガーメガ神様を捜した。

森をすべて調べるといっても、捜す相手は巨大なカエルなんだし、いずれ発見できるだろうとタカをくくっていた。

だが、案外、見つからない。

結果が出ないまま、だらだらと時間だけがすぎていく……。

「あやつ、全然おらんではないか。違う湿地にでも引っ越したのではあるまいな？」

ニンタンはこの森にはいないと判断したようだ。

その可能性もなくはないけど、引っ越したなんて話は聞いてないんだよなあ……。

いつも、いきなり面倒事を持ってくるメガーメガ神様だけど、こうして会えないとなると、それはそれで心配になる。

けど、カエルがいそうなほかの場所を調べるというのは現実的じゃなかった。

そんな場所、世界中に無数にある。ローラー作戦ができる面積ではない。このままじゃ手の打ちようがない……。

「アズサよ、どうでもいいところでナイーブになっておるな。お前だって普通の人間よりはるかに長く生きておるのだし、もう少しどっしり構えよ。あいつが消滅したわけではなかろう」

ニンタンはそう考えるかもしれないけど……。そういえば、この三日ぐらいは娘たちとも遊んでなかった気がする……。

「まっ、ここにおらんのであれば、日を改めるか。だが、一応ダメ元で確率が高そうなところだけ捜しておこうか」


確率が高そうなところってどこだと思った時には――

私も神様が住んでいる空間に移動させられていた。

はっきりした地面が見えなくて、落下してるような気持ちになって、落ち着かないあの場所だ。

ここ、来たくないんだよな……。問題が生じてる時に来る場所だからというのもあるんだろうけど……。

「神である朕は地元に帰ってきた感覚があるのだがな。それと、ダメ元は大成功だったようであるぞ。ほれ、アズサ、後ろを向いてみよ」

言われたとおり振り返ると、そこには——あの巨大ガエルがいた。

しかも、味噌ラーメンらしきものを食べていたらしい。けっこう、好きなんだな……。ラーメンのどんぶりが宙に浮いてるのが変だけど、この空間は何でもアリなのだ。

「おやおや、ニンタンさんにアズサさん、ご無沙汰《ぶさた》してますゲロ」

「たしかに神様なら、神様の空間から捜せばよかった！」

すっかりカエルになっていたので、ここをチェックするという発想が抜けていた。

「よかった～。神様の人格はちゃんと残ってるんですね。ただの一カエルになってるんじゃないかと怖かったです」

「そんなことはないゲロよ。ごらんのとおり、しっかり神様ゲロ」

いや、ごらんのとおりと言われると、巨大ガエルとしか表現できないぞ。

「ここ最近はこの空間にいることが多くなってたゲロ。実をいうと、あの南方の湿地にはあまりいないゲロ」

「あれ、もう森も飽きちゃったんですか。飽き性なんだな……」

ファートトラに紹介してもらった時、本気で喜んでたはずなのに。

「こいつはそういう奴よ。所詮《しょせん》、お調子者である。あまり本気になっても損《そん》をするだけだから、よく覚えておくがよい」

ニンタンはここぞとばかり言いたいように言っている。

「あの湿地自体は素晴らしかったゲロ。このカエルの姿にもよく似合っていると思ったゲロ。ファートラさんならカエルに物件を紹介する仕事で食っていけるゲロ」

そんな職業はさすがにないだろ。カエルがどんどん好きな土地に移住したら生態系が破壊されるし。

「だったら、どうして、神様の空間に移ることになったんです？　謎が残ったままなんですけど」

カエルは、ふぅ、とため息をついた。

カエルでもため息をつくんだな。あるいは中に入ってるのが神様だからだろうか。

「それには、深い、深い理由があるゲロ。住環境というのは周辺の自然だけではないんだゲロ……。人間関係、いや、カエル関係がこじれたゲロ……」

カエル関係……。言葉にすると、すっごくあほっぽいが、わからなくもない。

「たしかに、こんな巨大ガエルがやってきたら、ほかのカエルは『あいつは何者だ』って思っても不思議はないですね。いろんなカエルに出ていけと言われて、いづらくなったりしたんですか？」

人間の町に丘みたいなサイズの巨人がやってきたら、きっと混乱が発生するはずだ。退治に来る奴はいなそうだけど、出ていけという住民運動ぐらいは起こすかもしれない。

そんなことがカエルの内でも起きたのではないか。

「いや、邪魔者扱いはされてないゲロ。むしろ、いつまでもここにいていいと言われたゲロ。神様の空間に避難したのは、私の判断ゲロ」

「解《げ》せぬぞ。歓迎されているのに、なんで逃げなければならんのだ。お前は一人でひっそり生きていくことを願うような性格でもないであろうが」

ニンタンが腕組みして言った。

私も納得はできてない。

歓迎されたのに、出ていかないといけないというのはどういうことか。

メガーメガ神様はお茶の用意ができたと言われたら、カエルの姿でも家に入ってきて、お菓子を食べてたぐらいなのだ。

「論より証拠だゲロ。あんまり行きたくないけど、今からあの湿地に戻るゲロ。そこで何が起こるのか、よ～く見ててほしいゲロ」

カエルがそう言うと――

私たちはまたあの湿地に瞬間移動していた。

うん、緑が濃くて、湿気が強くて、いかにもいろんな種類のカエルが棲息《せいそく》してそうな環境だ。

と、沼から何かが飛び出すのが目に入った。

大型のカエルだ。無論、メガーメガ神様の変身した巨大ガエルと比べれば小さいけど。それでも体長二十センチはありそう。高原の家の近くにある森にはこんなサイズのは棲息してない。

ほかにも、各方面からカエルが跳んできていた。

たんに跳んでいるだけでなく、明らかに一点に向けて集まってきているのがわかる。カエルたちは何かの目的を持って動いている。

「何事だ！　カエルの集会でもはじまるのか？」

ニンタンはカエルだらけになりそうなので、ちょっとびくっとしていた。私も一匹や二匹のカエルを見るのはいいけど、大量のカエルが寄《よ》り集まってくるのには慣れてないから、少し身がすくむ。

「集会とはまた違うゲロ」

そして、集まってきたカエルたちは一斉にゲロゲロ鳴きだした。

同じタイミングというわけではなかった気がするが、どれかのカエルが鳴くと、ほかのカエルたちも続いたのだ。


ゲコーゲコ。ゲロゲロ。クウェクウェ。ガーガー。グオーグオー。


「うるさい！　かなりの騒音！」

「やってられん！　耳が痛いわい！」

私もニンタンも手で耳をふさいだ。それぐらいにうるさい！

オーケストラみたいなものではなく、喧騒《けんそう》に近い。

それぞれがまるでほかのカエルの鳴き声を消そうとするみたいに大きい音を出している。

カエルたちはうるさくはないんだろうか。でも、ほかの鳴き声の上からかぶせようとしてるわけだから、やっぱりうるさいという自覚はあるんだろう。

もしかして、カエルって相手より大きな鳴き声を出したほうが強いとみなされるというルールでもあるのかな？

「そうか、カエルたちの鳴き声がきつくて耐えられないってことなんですね」

だが、巨大ガエルのメガーメガ神様は前足の片方を左右に動かした。

それは違うという意味なんだろうけど、カエルの姿だとジェスチャーとしてわかりづらい。

「じゃあ、何なのか！　早く教えよ！　こんなところでクイズを考える気もせんわ！　だいいち、騒音の真っただ中だから思考するのに不向きである！」

ニンタンも大きな声で怒鳴っている。

「ヒントを出すゲロ。このカエルたちはだいたいオスばかりだゲロ」

「ヒントはいらんから、答えを出せ！」


「このカエルたちは私に求婚しているんだゲロ」

カエルたちにモテてた！


「こんなサイズのメスのカエルはいないので、やけに注目を浴びてしまったゲロ。いろんな種類のカエルのオスがプロポーズしているんだゲロ……」

このうるさい鳴き声は求愛のものか。

「私はカエルライフが楽しいと思っていたゲロ。しかし、カエルと結婚はしたくないゲロ……。そこには越えられない壁が立ちはだかっているゲロ……」

巨大ガエルは前足で頭を抱えた。

そっか。カエルとして生きていれば、ほかのカエルだってカエルとみなすものな。

そして、これほどの巨体のカエルとあらば、それは最強の種類のカエルと言っても過言ではないだろう。自然界の存在であるカエルは最強を求めたんだろう。

好かれることが、すぐに幸せというわけにはいかないのだ。

友好的と言って済む範囲でならいいけど、求婚までされるとなるとややこしいことになる。

よく見ると、各所でカエルたちによる小競《こぜ》り合《あ》いが起きていた。

ここに集まっているのがみんなライバルだとしたら、とんでもない競争率のはずだ。ライバルを減らしたくもあるだろう。


「やめてゲロ！　私のために争わないでゲローー！」


私のために争わないでって表現がこんなに当てはまる場面ってあったんだ……。

「ここのカエルたちはそれなりに大きいからな。小さなカエルからすれば、崇《あが》める対象程度で収まったかもしれんが、大型のものは恋愛対象にしたのであろう」

ニンタンもうんうんとうなずいている。そういや、高原に近い森は大型のカエルなんて棲息してなかったから、トラブルも起きなかったのだろう。

「そうだ、崇める対象といえば、こんな変化も起きたゲロ」

また私とニンタンはメガーメガ神様に瞬間移動させられた。

移動した先はさっきのまとわりつくような空気が変わってないので、あくまでも南方の土地なんだろう。距離としてはさっきの湿地からそう離れてないと思う。

目の前にあるのは南方の様式の神殿だ。私たちの地域よりは全体的に色使いが派手だ。原色を多用している。

「ずいぶんケバい神殿であるが、ここがどうした?」

「よく見てもらえれば、答えはすぐにわかるゲロ」

大量のカエルの置物やカエルの絵が飾ってある……。

「あまりにも大きな神様のカエルがいると噂《うわさ》になって、信仰を集めてしまったでゲロ」

神様のカエルだから看板に偽りなし!

「お前なあ……世界の信仰のバランスがゆがむから、こういうのはやめよ!」

ニンタンは素《す》で怒っている。神様として迷惑なのだろう。

「ちゃんと反省はしているゲロ! だけど、起こってしまったものはしょうがないゲロ! あの湿地には意外と人間も入ってたんで、気づかれたゲロ!」

「反省してるんだったら、『ゲロ』とか言わずに丁寧《ていねい》な口調で謝らんか!」

ニンタンのストレートの正論が出た!

「それは……おっしゃるとおりです……。カエルになっている期間が長くて、しみついていました……」

と、神殿の信者らしき人が私たちのほうに気づいたらしい。

「神様のカエルがいるぞー！　やっぱり神様なんだ！」

あっ、これはまずいぞと思った時には、私たちは神様の空間に移動していた。

ニンタンが私たちを飛ばしたらしい。

「あの調子だと、まだまだカエルの信仰が強まりそうであるな……。余計なことにもほどがある！」

巨大な動物や神々しい動物を神様だと信じることって世界各地でありそうなことだけど、真相はこんなものなんだろうか。

「ニンタンさん、私、そろそろカエルじゃない姿になりたいです……」

「言われなくても今すぐ戻す！　これ以外で使い道のないカエル解除の魔法じゃ！」

ニンタンの魔法で、メガーメガ神様は久しぶりにカエルから女神の姿に戻りました。

「ああ、よかった、よかった。この姿のほうがほっとしますゲロ〜。カエルだとどうしても猫背になっちゃうゲロ〜」

メガーメガ神様は安堵《あんど》の表情だけど、こっちとしてはそれはツッコミ待ちなのかと思ってしまう。

「アズサさんにもお世話になりましたゲロ。『徳スタンプカード』を押すゲロ」

「メガーメガ神様、全然元に戻ってないです」

「えっ？　ちゃんと神々しい女神の姿になってるゲロよ？」

「また語尾にゲロがついてるんですよ！」

「本当だゲロー！　……おかしいですね、さっき『ゲロ』をやめたはずなのに」

しみついているというのはウソじゃなさそうだな。

メガーメガ神様が普通のしゃべり方に戻るまで多少の時間がかかったので、やはりカエルとして長く生活しすぎると、カエルになる危険もあるのだと思う。

あと、大きなカエルの神様の信仰は、範囲は南方に限られてはいるものの、メガーメガ神様の信仰よりも強いものになりそうな勢いだということです。


それと、巨大ガエルを見ること自体は、それからもたまにあった。

窓から、巨大ガエルに乗ったファルファの姿が見えた。

娘たちの前から巨大ガエルが突然いなくなるのはよくないということで、たまにメガーメガ神様にはカエルになってもらっているのだ。

今更、正体を伝えることもできないし、そのまま継続していくつもりだという。

やっぱり、自分が何者かは最初に隠さず伝えるべきなんだなと思いました。

ぬいぐるみの問題を解決した

She continued destroy slime for 300 years

今の暮らしのちょっとしたメリットに、「客人が来るのがわかりやすい」というのがある。

まず、高原にぽつんと突っ立っている一軒家なので、誰《だれ》かがてくてく歩いてやってきた場合、高確率で我《わ》が家が目的地だと気づける。

それと、そもそも客人が目立つ方法でやってくることも多い。ワイヴァーンに乗ってきたり、リヴァイアサンに乗ってきたり、ドラゴンが直接やってきたりする。

なので、ドアをノックされる前から誰か来そうだぞということがわかるのだ。

今日も遠目でドラゴンが飛んでいるのが見えたので、私はお茶の準備をはじめた。


結果、見事にパールドラゴンのオースティラがやってきた。私の読みは完璧《かんぺき》だった！

テーブルでライカとオースティラはなんやかんやとしゃべっている。

オースティラは竜王戦のファイナリストだった子だ。

つまり、最後の最後でライカに負けてしまい、竜王になるのを逃している。

それで最初はリベンジにやってきたんだけど、はっきり言ってことごとく失敗していた。

どうも、私の見立てだとドラゴンというのは負けず嫌いが多いらしい。

オースティラは見た目だけは優雅なお姫様ですという格好をしているが、行動原理はフラットルテに近いものがある。

でも、いきなり暴《あば》れ回ったり、知らない誰かと力比べをしようとしないから、やっぱりフラットルテとは違うか……。オースティラにしたら、一緒にしないでほしいって言いそうだな……。

せっかくだし二人の話を聞こうと思って、私は自分の分のお茶とお菓子《かし》も持ってきた。なお、お菓子は「食べるスライム」と魔族の土地でできた「甘いスライム」だ。たまに「甘いスライム」は送られてくるので量がある。魔族は送ってくる量も多いのだ。

「はい、どうぞ」

「ありがとうございますわ、アズサさん、変わったお菓子ですわね。なるほど、甘くておいしいですわ」

オースティラはお嬢様っぽく、フォークとナイフで「食べるスライム」を口に運んでいた。

ただし、「変わったお菓子ですわね」としゃべっていた時には、フォークとナイフで切り分けていたので、皿が置かれた直後から動きだしていたことになる。

このあたりの食事に関して一切《いっさい》妥協しないスタイルはドラゴン共通らしい。

ライカは饅頭《まんじゅう》にも慣れているので、手づかみでぱくぱく口に運んでいる。

客人より食べるペースが速くて、もうお菓子が尽きそうだけど……足りなくなったら追加を持ってくればいいか。「甘いスライム」は本当にまだまだある。

「二人は何の話をしてたの？」

「我はオースティラさんからぬいぐるみの話を聞いていました」

そういえば、テーブルに猫と犬のぬいぐるみが置いてある。

「相変わらず、ぬいぐるみはプロの腕前だね……」

なぜかオースティラはぬいぐるみを作る技術がやたらと高いのだ。過去にライカにプレゼントしてたこともある。

「ちょっとした、たしなみの一つですわ。高貴な身分でも裁縫《さいほう》や料理の初歩ぐらいは知っていないと、使用人に命じることだってできませんでしょう？」

「オースティラさんは利《き》き酒もできますからね。味にもうるさい方です」

ライカが補足した。利き酒できるのも聞いたことがあるな。

「人をもてなす時にひどい酒を出してしまったら、歓待どころか侮辱《ぶじょく》になってしまいますもの。高貴な者として必要な知識ですわね。使用人にもそういった知識は持ってもらうようにしていますの」

志《こころざし》は高いけど、むしろ、主人がこのクオリティを当然のように要求すると、使用人が「これは無理！」って思って退職しそうだな……。

このあたりは考え方次第か。働いて、利き酒ができるようになるなら、特技が増えてお得ともとれるし。

たしか使用人といっても、ピンからキリまであって、上のほうには当主の腹心みたいな人も高給取りもいるはずだから、オースティラはそういう格の使用人を言ってるのだろう。

せっかくなので、私はテーブルのぬいぐるみを手に取って見せてもらった。

「本当によくできてる……。ぬいぐるみって買うと高いんだけど、それもよくわかるよ。これは時間がかかるわ」

この世界、ぬいぐるみを大量生産できる工場はさすがにないはずだし。

「そんなのであれば、いくらでも作れますわ！」

オーステイラはわかりやすくドヤ顔している。

これは堂々と自慢ができるぐらいすごい技術なので、何もおかしくない。

「動物の再現は骨格が近いから難度《なんど》は低いのですわ。王国の城のぬいぐるみを作ってますけれど、これはまだまだ完成には時間がかかりそうですわ」

「オーステイラさん、城のぬいぐるみって何ですか……？」

ライカが何だそれという顔をした。私も気になる。

「文字どおり、城のぬいぐるみですわ。中心の建物は作れましたけど、物見の塔がまだですの。それと水堀も三重にしてしまったので面倒ですわ」

「もはや、ぬいぐるみでやることじゃないよ！」

ジオラマみたいなもの、作ろうとしてないか？

お菓子職人がお菓子のお城を作るみたいなのに近いものを感じる。

「あと、城門のあたりに集まっている兵士を作るのも疲れますわね。人を作るのは楽なんですけれど、二百人となると手間が多いですわ」

「どこかの資料館にでも置くつもりなの⁉」

想像以上にジオラマじゃん！

技巧を活《い》かすために変な方向に走っている！

「上を目指していかないと、面白《おもしろ》くないじゃありませんか。それにライカさんだって精進、精進言ってるはずでしょう？　竜王のインタビュー記事なんかには、やたらと精進や努力といった言葉が並んでましたわよ」

「それは……そうですね。つい、口癖のように言ってしまっていたような……」

ライカも的確に指摘されてしまって、気恥ずかしそうにしている。

もっとも、上を目指すことは何も悪いことじゃない。

二人とも、無理がない範囲でやってくれればいいや。

「しかし、こうもぬいぐるみばかり作ると、保管場所だけでも大変ではありませんか？」

ライカもぬいぐるみを眺めながら聞いた。

「ぬいぐるみ用の部屋が四つあるので当面は大丈夫ですわ。足りなくなれば、また作ればいいわけですし」

このあたりはお嬢様らしく、オースティラが何でもないことのように言った。

小さな家で暮らしてる庶民とは違うということだ。

前世の記憶だけど、ぬいぐるみが増えて、扱いに困ってる女子はたまにいた気がする。なにせ、生き物の形をしているので捨てづらい。その点、城のぬいぐるみとかは捨てやすそうだけど、そんなものは売ってない。

「けど、保管場所を気になさるのはわかりますわ。捨てるのをためらいますものね。よくできたぬいぐるみはペットみたいに思えるって方もいるそうですわよ」

おっ、この部分はオースティラも理解を示してくれるらしい。

「オースティラさんのように大量にぬいぐるみを作る方でも、廃棄はためらうのですね」

ライカも興味があるらしく、インタビューみたいな質問をした。

たしかにぬいぐるみ職人に心持ちを聞ける機会なんてないものね。

「作りかけのものを捨てるのは気楽ですわ。未完ならそれが生き物のように見えてしまうってこともないでしょう？　というより、捨てるというか、そういうものは次のぬいぐるみへの材料にすることが多いですし」

私はフランケンシュタインの怪物みたいだな……と思った。

失敗した犬でクマを作りますなんてことが、ぬいぐるみの世界では何の問題もなくできてしまうのだ。これが犬の死体を使ってクマのモンスターを作るなんて話になると、魔族も引くほど怖いものになる。

「ぬいぐるみを量産できるわたくしでも、動物の作品をゴミ扱いするのは心苦しいですわね。わたくしでもそうなのですから、心に決めたぬいぐるみを子供の頃に購入したような方は、なおさらつらいでしょう」

そのあたりの心理はどこの世界でも同じなんだな。

ぬいぐるみは自分の部屋にあって、いつも目に入ってるようなものだし、消耗品みたいには考えられない。

「まっ、一般のご家庭はぬいぐるみ寺院に持っていって、そこで引き取ってもらっているようですが、わたくしは不要と思ったものは心を鬼にして自分で処分していますわ」


ぬいぐるみ寺院って何⁉


謎《なぞ》の用語が出てきたぞ。

「なるほど。ぬいぐるみ寺院はそういう方たちのニーズのためにあるんですね。引っ越しの際にぬいぐるみを捨てるしかない方もいるでしょうし」

ライカもごく普通に受け入れている。

私だけがぬいぐるみ寺院を理解できてない！

「ちょっと待って！　ぬいぐるみ寺院って何なの？　ご神体がぬいぐるみだったりするわけ？」

「アズサ様、ぬいぐるみ寺院というのは不要のぬいぐるみを引き取って、古くなったものは焚《た》きつけて供養するところです」

ライカの説明で、おおかた、どんなものか理解できた。

「ああ、そういうやつね。（前世にも）あった、あった」

人形を引き取って、処分してくれるお寺や神社があった。

人形の場合は人に近い形状のことが多いから、余計に捨てづらい。多分、ぬいぐるみに対応してるところもあっただろう。

やっぱり、世界が変わっても、「このぬいぐるみを捨てたら化けて出るんじゃないか？」みたいな不気味《ぶきみ》さはあるようだ。

ぬいぐるみって人によっては寝る時に抱きついたり、出かける時に「行ってきます」って話しかけたりすることもあるもので、愛着があればあるほど、生物であるようにみなしがちである。

だったら、それを捨てるしかなくなった時に葛藤《かっとう》や悩みが生じるのは普通だ。

その葛藤が、ぬいぐるみが恨むのではないか、呪ってくるのではないかという不安を生み出すわけだ。

そんな不安を祓《はら》うためには、ぬいぐるみ寺院が必要である、と。

うん、よくできたシステムだと思う。

「そのぬいぐるみ寺院も最近は機能していなくて大変みたいですけれどね」

オースティラが深いため息を吐いた。

事実上、ぬいぐるみ業界の人と言っていいから、内情にも詳しいのだろう。

「何かトラブルでも起こってるの？　経営の危機だとか？」

寺院なのに経営という発想がすぐに出てくるのは、私がミスジャンティー神殿を知っているからだ。宗教施設だから、経営から自由だなんてことはない。維持していくためのお金は必要である。

「寺院内部が何かと騒がしいんですわ」

寺院が騒がしいって、次の寺院のトップにどっちの僧侶がなるかみたいな権力争いでもしてるのだろうか。

「ぬいぐるみに大量の悪霊が入って、大混乱しているみたいですわ」

「マジで化けて出ちゃってる！」

「アズサさん、化けて出るというのは正確ではないですわ。ぬいぐるみはモノであって、魂は入ってませんもの。ぬいぐるみに魂を入れられたら、それは神様ですわよ」

ぬいぐるみ職人に指摘された。

言われてみれば、もっともだ。魂が入るのは、もはや技術の問題ではない。

「しかし、悪霊が入ることはありえますわ。悪霊たちがちょうどいいやということで入ってきたんでしょう」

たしかにぬいぐるみが生きていなくても、悪霊は普通に存在する世界だった。

「そ、それは大変なことです！」

ライカがやけに強いショックを受けている。

悪霊に怒っているというより、困っているという表情に見えた。

「ねえ、ライカ、何かまずいことでもあったの？」

私が尋ねると、ライカは「ちょっとお待ちください」と言って、自分の部屋のほうに走っていった。

それから、微妙なクオリティのぬいぐるみを持ってきた。

おそらく、練習中のものなのだろう。

「実は、こういった失敗作をいつかはまとめて処分しないといけないなと思いまして……ぬいぐるみ寺院に持っていくつもりだったのですが……」

「そういうことか！　けど、魂は入ってないんだから、捨てちゃっても問題ないのでは……」

「それはそうなんですが、抵抗というものが……」

ライカの視線が犬のぬいぐるみのほうに向く。ちなみに首が変な方向に曲がっている犬だ。実際の犬だったら多分死んでる曲がり方をしている。

こういうのは気持ちの問題だもんね。だいたい、気楽に捨てられない人が多いから、ぬいぐるみ寺院だって存在しているはずなのだ。

「じゃあ、ぬいぐるみ寺院の悪霊問題を解決しよっか――」と言いたいところだけど、相手は悪霊だからな……。あんまり関《かか》わりたくないな……」

ステータス上は強かろうとなんだろうと、私は霊の系統は苦手《にがて》なのだ。

「しかも、戦える相手でもないしな……。イノシシが暴れてるから退治しようって話とはまた違うし……」

意外と面倒なことになりそうだ。

「ア、アズサ様……ここは我が策を練って、動きたいと思います！」

ライカは少しためらいがちだったけど、そう言い切った。

「我が未熟なせいでできてしまった失敗作を、せめてぬいぐるみ寺院で供養したいと思うのです。これは我の責務だなと」

「それは重く考えすぎですわよ」

オースティラがフォローした。ぶっちゃけ、どっちの言いたいこともわかる。

しかし、ライカがやると言ってるなら、応援するべきなのだろう。

「わかった。ライカに任せる。私も何かできることがあったら協力する。私自身は悪霊とは戦えないから、せいぜい人脈に頼るぐらいしかできないけど……」

「ありがとうございます！　しっかりと問題を解決したいと思います！」

ライカも気合いが入っている。

ライカはあまりにも真面目《まじめ》なので、あらゆるトラブルを解決しようとしだすと無理をしちゃってまずいことになりそうだが、今回は動機が自分の失敗作だから止めなくてもいいだろう。

あと、ライカ一人でどうにかするということじゃなくて、ライカがいろんな人に力を借りることになりそうだし。

人を頼る練習もしたほうがいい。

「オースティラさんもご協力いただけますか？」

「やれることがあればやりますけど……わたくしはぬいぐるみ寺院の場所を教えるぐらいしかできないのではなくて……？」

オースティラも少しだけ巻き込まれそうだな。お手数をおかけします。ライカのためなんです。

こうして、ぬいぐるみ寺院の悪霊をどうにかすることになりました。

もっとも、今回はあくまでも計画を立てたりするのはライカなんだけどね。

私は師匠として後方から腕組みしながら見させてもらおう。

◇

ライカだって悪霊のスペシャリストでも何でもない。むしろ、私と同じようにああいう日に見えないものは苦手なタイプだ。

それでも、どうにかしようと思えば、人材を集めることはできる。私たちの周囲は人材だけは豊富だからな。

というか、家にロザリーがいるので、有益なアドバイスももらえる。

悪霊が苦手な人が対悪霊のために立ち上がるにしては、理想的な環境だと思う。

今回、私が直接に手を下すことは何もなかった。終始、ライカに任せていた。

弟子《でし》を見守るのも立派な師匠の仕事なので、これはこれでよし！　むしろ、手を出さないことが仕事！

そして、ついにぬいぐるみ寺院へ向かう日がやってきた。

私とロザリーを乗せたドラゴン形態のライカは、前を行く（こちらもドラゴン形態の）オースティラについていっている。

住所だけ教えてくれればそれでオースティラの仕事はクリアされたはずだけど、なんだかんだで直接、案内してくれるという。

「オースティラってなかなか面倒見がいいんだね」

「ぬいぐるみ業界の問題は、わたくしにとっても気になることですもの。解決策はわかりませんけど、どうなるか見届けたくはありますわ」

それはそうか。他人事として片づけるにはオースティラは深く関わりすぎている。

さて、ぬいぐるみ寺院は遠くからでもよくわかった。

なにせ、壁に巨大なクマのぬいぐるみの絵が描いてあったからだ！

「無茶苦茶《むちゃくちゃ》目立つ！」

「ぬいぐるみ供養で食っていってるところですもの。あれぐらいは宣伝いたしますわ」

「もっと心霊スポットみたいな不気味な場所をイメージしてたけど、だいぶ違いそうだ……」

「明るくしないと、ぬいぐるみの顧客層である子供と女性にウケませんもの。それに、いかにも霊がいそうな薄暗い場所だったら、供養できてないことになりますわ」

正論である。怪奇現象が付近で起こりまくっている人形供養の寺があったら、供養に失敗してることになる。ただ――

「実際に霊が集まって問題になってるわけだけどね……」

「寺院も悪霊が入ってくることは考えてなかったのだと思いますわ……」

ぬいぐるみ寺院からすると、仕事にならないだけでなく、信用も失ってしまって、シャレにならないだろう。

「ロザリー、あそこに霊が集まってるのはわかる？」

「まだ離れすぎてますから、判断できません。でも、印象だけだと、いなさそうですけど」

だよね。見た目は悪霊がいそうな空間ではないな。

「今回、我はいくつもの策を考えてきました。きっと、解決できると思います！」

いつにも増して気合いの入っているライカはゆっくりと高度を下げて、寺院の近くに降りていった。

ぬいぐるみ寺院は遠くからでもファンシーだったけど、近づいてみると、余計にそれが際立《きわだ》った。

壁がピンクや黄色に塗られているのだ。テーマパーク然としている。

「寺院って言われないとわからないな、これ」

「心を落ち着ける場所というよりは、盛り上がる場所という感じではありますね……」

ライカも悪霊対策を考えていたとはいえ、実際に訪れるのは私と同じで初なので面喰《く》らっていた。

「そんなにおかしいものなんですのね。わたくしは慣れているからわかりませんわ」

オーステティラにとっては、面白いスポットとして紹介する気も起きないほど普通の場所らしい。

「あんまり怖くねえな。これだと昇天させられることもなさそうな気がするぜ」

ロザリーがそう言っているということは、施設としては問題なのではないか。

いや、ぬいぐるみには魂はないんだから、魂を昇天させる必要はないのか？　だんだんややこしくなってきた。

門から寺院の敷地に入る。寺院ではあるので神殿みたいなものもあるし、やたらと大きな箱型の建物もある。まず、神殿でお祈りしてからのほうがいいのかな。

すると聖職者とおぼしき格好のおじさんがやってきた。

「あっ、親方とその御一行様ですね、お待ちしていました！」

親方って誰!?

「悪霊をどうにかしたいと竜王が言っているので、連れてまいりましたわ。詳しいことは竜王にお聞きになってくださいませ」

このオーステティラの反応からすると、親方とはオーステティラのことらしい。

「ねえ、親方って何？　ニックネーム？」


わたくし、ぬいぐるみギルドに所属していて、親方の資格を持っていますの」

正真正銘の職人だった！

ライカは聖職者と簡単な打ち合わせをやっていた。

「そろそろ悪霊対策のできる方々が順次、到着いたします。その方たちがどうにかしてくれるはずです。ご期待ください」

どうやら現地集合で、様々なメンバーが来るらしい。

私のところにロザリーが遠くからやってきた。

「姐《ねえ》さん、わかりやした。悪霊がなかなか集まっています」

ロザリーは眉根《まゆね》を少し吊《つ》り上《あ》げて、箱型の建物を指差した。

建物は巨大なかまぼこみたいというか、体育館っぽさがある。

「あそこに密集してますね。奇妙なくらい固まってますぜ！」

ライカがまさに向かおうとしているのが、その建物だった。

悪霊の入ったぬいぐるみだらけの空間ってどんなところだろう……。

建物のカギは親方と呼ばれているオースティラが寺院から預かっていた。やけに信頼されているな。この子、ぬいぐるみ業界の重鎮《じゅうちん》なんだな。

「カギを開けるところまではやりますけれど、悪霊のほうはお任せいたしますわよ。そちらは専門外ですからね」

オースティラがカギを回し、扉を開く。

やっぱり、ボロボロのぬいぐるみがずらっと並んでいるのかな……。

ゆっくりと視線を下からに上に上げていく。

そこではぬいぐるみが——飛び回っていた。

跳ねるとかではなく、飛行している。まあ、床を跳ねている奴《やつ》もいるのだけど、天井《てんじょう》近くを浮遊しているのも目につく。

とにかく、好き放題に動き回っている。それも、ポルターガイストのようにただ動いてるだけというのとも違って、明らかにぬいぐるみ一体ずつが意思を持って活動している。

「考えていたのと違う！　かなり違う！」

まったく、おどろおどろしいものじゃない。

それと、見てるほうも、少し楽しくなってきちゃいそうですらある。

「ほら、騒々《そうぞう》しいでしょう？　悪霊が入って遊びまわっているんですわ」

オースティラがあきれた声で言った。

「ここ、寺院なんでしょ。悪霊がいるなら、退治……というか昇天させられなかったの？　できてないから、いまだにこうなってるんだけど」

想像よりもはるかにカオスな空間だ。悪霊が入ってる事実さえ知らなければ、本格的に子供に人気が出そう。

「アズサ様、我はお化けとか怪奇現象とかいったものは苦手だったのですが——ここは割といけそうです」

「ライカ、奇遇だね。私もあんまり怖くない」

ものが勝手に動くというのも、一つが微妙に動くから怖いのであって、付喪神《つくもがみ》の百鬼夜行《ひゃっきやこう》みたいになると、お祭りを見てる気持ちになってしまう。

「アタシ、連中に話を伺《うかが》ってきます」

ロザリーが浮遊して、ぬいぐるみのほうに近づいていった。こういう時、ロザリーがいてくれて助かる。

しばらくして、悪霊数人に話を聞いたロザリーが戻ってきた。

「みんな、楽しいって言ってますね」

「だろうね！　見ててもなんとなく伝わってくる！」

「具体的に話してくれた悪霊によると、『ぬいぐるみを動かしていると、自分が生きてるぬいぐるみになったみたいで、まるで第二の生を手に入れたみたいだ。わくわくする』とのことです」

第二の生！

その時、私は気づいた。

これって、アバターに入ってＶＲ空間を楽しんでる人みたいなものなのではなかろうか？

私が死んだ頃は、はじまって間もない文化だったけど、広がってそうなんだよな。

自分と違う性別のアバターに入る人や、そもそも動物やモノに入る人も出てくると思う。むしろ、自分と全然違うアバターに入るからこそ、意義がある気がする。

ぬいぐるみに悪霊が入るのもそれに近いのではないか。

近いというか、ＶＲの元祖なのでは？

もっとも、Ｖに当たるバーチャル要素はないけど。

「ライカ、これ、どうにかできそう？　悪霊たちは自分から出ていくつもりはなさそうだよ」

「こんなことに挑戦したことはないので、確かなことはわかりません。ですが、やれるだけのことをやろうとは思います」

ライカらしい誠実な回答だ。

あとはライカのとる方法で解決することを祈るばかり。

「我一人では難しくとも、多くの方が協力してくださいますからね。光明は見えると思っています」

ライカのそんな声と重なるように、

「なんや、えらい騒がしいなあ。なんで、こんなことになってるんや」

私の後ろから関西弁に聞こえる声が聞こえてきた。すぐに誰だかわかった。

案の定、ムーとナーナ・ナーナさんが立っていた。

「やっぱり！　悪霊といえば、サーサ・サーサ王国だよね！」

ライカが呼んだに違いない。一番解決に近い助っ人と言ってもいいだろう。

早速、ライカが二人に現状を簡単に説明した。見たまんまなので説明はすぐに終わった。

動き回っているぬいぐるみを見れば、言葉抜きでもおおかた把握できる。

「わかった、わかった。うちの王族の権威はサーサ・サーサ王国と関係ないこいつらには効かんけど、悪霊であることに違いはないからな。せやから、話をすることはできるわ。こいつらを説得すればええんやろ」

「そういうことです！　ムーさん、よろしくお願いいたします！」

ライカが運動部のあいさつみたいな声で言った。

「それじゃ、やってみるわ。目には目を、霊には霊を、や」

話が早い。ムーはもったいぶったりしないので、すぐに騒ぎまくっているぬいぐるみの中に入っていった。

これで交渉成立となれば、一件落着なんだけど、それは難しいかもな。

悪霊たちにとったら遊ぶのを中止することになる。

そのメリットがないんだったら、遊び続けたいだろう。

それでも、ムーは私やライカなんかより悪霊の気持ちがよくわかる立場だし、落としどころを見つけることはできるかもしれない。

しばらくして、ムーが戻ってきた。

「ムーさん、首尾はいかがでしたでしょうか？」

ライカが身を乗り出して尋ねた。

「ぬいぐるみに入るのっておもろいなあ！　これは悪霊どももハマるわけやで！」

ミイラ取りがミイラになった！

「いやあ、うちはこの体があるからぬいぐるみには入れんけど、動かすだけでもけっこう楽しめたからな～。中に完全に入って動かすんやったら、さらに――むぎゅっ！」

ナーナ・ナーナさんがしゃべれないように後ろからムーの口をふさいで、拘束した。

「だったら、陛下はもう不要です。別にしゃべる必要もないので、しゃべらないでください。時間の無駄《むだ》もいいところでしたね。せめて、申し訳なさそうな顔ぐらいしてください。この恥《はじ》さらしが」

相変わらずだけど、扱いがひどい。臣下の者がとっていい言動じゃないな。

普段のストレスもこういうところで発散しているように見える。

「すみません、陛下では力及《およ》びませんでした。ほかの優《すぐ》れた方が解決してくださることを祈っています。陛下はちょっと謹慎《きんしん》でもさせます」

「あの……我はそういう反省みたいなものは求めてませんので、けっこうです……」

ライカはだいぶやりづらそうだった。

霊が苦手というより、サーサ・サーサ王国のノリが苦手だよね……。

とにかく、悪霊に頼むという、一番期待の持てる方法は失敗に終わってしまった。

ある意味、悪霊が悪霊側の味方をしてしまった。

「最初はダメでしたが、まだいろんな立場の方を呼んでいます。誰か一人でも成功すればそれでいいのですから！　もう少しお待ちください」

　ライカの言うとおり、次の誰かを待つか。


　今度はいったい誰がと思っていたら、てくてく松の精霊のミスジャンティーがやってきた。

「どうもっス。先客がいたみたいだから、寺院の中を見学してたっスよ。やっぱり、儲《もう》かってる精霊のところはいいっスね。心の底からうらやましいっス」

「こんにちは。ねえ、ミスジャンティー、このぬいぐるみ寺院も誰かの精霊を祀《まつ》ってるの？」

　そういえば、寺院と言ってるぐらいだから、何らかの信仰対象がいるはずなのだ。少なくとも、ぬいぐるみを祀ってるわけじゃない。

　でも、ぬいぐるみに特化してる寺院だし、また細分化された精霊だろうな。

「知らないっスか？　ここ、火の精霊を祀ってるっスよ」

「これまでにないほどメジャーどころの精霊！」

　私の知ってる精霊って、したたりとかアスファルトとかだいぶ限定的だったから衝撃が大きい。水や地の精霊といった広範囲のものを示す精霊とは会ったことがない。

「火の精霊といってもピンキリで、ここで祀られてるのは二流の奴っスけどね。でなきゃ、ぬいぐるみを焼く寺院なんて作らないっスよ。ぬいぐるみを火の精霊の火できれいさっぱり燃やし尽くすという趣向っス」

「火の精霊の中だけでも序列があるんだ……」

私の想像よりもはるかに精霊って多いのかもしれない。

「じゃあ、ミスジャンティーがその火の精霊を呼んできて、ぬいぐるみに静かにしなさいって言ってくれるわけだね。それは効き目もありそうだ」

なにせ、ここで祀られている精霊が出てくるのだ。ぬいぐるみ内の悪霊も聞くしかない空気になるのでは？

しかし、ミスジャンティーは右手を左右に振った。

「無理っス。火の精霊はわざわざこんなところには出てきてくれないっス。そこは腐っても火の精霊っスから、かなり忙しくしてるっス。一か月以上前から依頼を出して、それでもおおかた断られるのがオチっス」

そういうものか。言い方は悪いけど、暇そうにしてる精霊しか知らないので実感が湧《わ》きづらい。

ロザリーが「じゃあ、何しに来たんだ……？」とあきれた顔をした。

たしかに謎だ。精霊同士の人脈を使うわけでもないのだとしたら、松の精霊のミスジャンティーがやることって何なんだろう。

「皆さん、松と火で何かつながりを連想できませんか？」

ライカがいきなりクイズのようなことを言った。

オースティラは「わかりませんわ」と即答した。考えもしてないな。そこは多少は考えようよ。

松と火か……。樹木と火ということは、薪《たきぎ》みたいな燃料が連想できる。

そういえば、松って……。

「ええと……松の脂ってたいまつを作るのにちょうどいいんだっけ……」

漢字だとたいまつは「松明」と書くこともあったはず。難しい読み方の漢字のクイズで見たような。前世の話だからうろ覚えだが。

「アズサ様、正解です！　地域によっては松は神事で使うたいまつで多用されます！　つまり、ミスジャンティーさんはそのつながりでお声がけしました」

「『つまり』から先の部分があまり納得できない！」

だいぶ弱いつながりの気がするぞ。直接的な解決策を持ってなさそうである。

「そういうことっス。私はここの火の精霊とは面識があるっス。なので、火の精霊から『ぬいぐるみに入って騒ぎ立てることに対する遺憾《いかん》の意のコメント』を送ってもらったっス」

「一応、本当につながってたんだ！」

「わざわざ来てもらうことはできなくても、コメントをもらうぐらいはできるっス。この程度のことでは貸しが一つ増えたとか考えない、心のさっぱりした奴っス」

むしろ、その程度で貸しが一つ増えたと考える奴の心が狭いだけでは……。

ミスジャンティーはふところから、何か紙のようなものを出した。それが「遺憾の意のコメント」だろう。

ぬいぐるみだらけの建物の中にミスジャンティーは入っていき、紙を開いた。

「では、読み上げるっス」

ミスジャンティーが軽い咳《せき》ばらいをした。

「どうも、ぬいぐるみ寺院で祀られている火の精霊です。ぬいぐるみに入って暴れるというのは敬虔《けいけん》な信者の皆様のお気持ちを踏みにじる行為であり、まことに遺憾です。すみやかにここから立ち退《の》いてください。節度を持った行動をとってください。こんなことを言わないといけない自分も嫌な気持ちになっています。『校長先生が静かにしてくださいと言ってから生徒の皆さんが静かになるまで三分かかりました』と朝礼で話す校長先生もきっと嫌な気持ちだったと思います。以上です」

ミスジャンティーが話している間、ぬいぐるみはまったく動きを止めようとしなかった。

というか、多分、聞いてすらいなかった。

話し終わったあとも、同じような騒がしさだった。

学級崩壊している学校みたいだな……。

しばらく、じっとミスジャンティーが立ち尽くしていた。

ぬいぐるみはミスジャンティーに気づいていないように、ずっと騒いでいる。

猫のぬいぐるみが一つ、ミスジャンティーの頭にぽすんとぶつかった。

くるっと、ミスジャンティーがこちらを振り向いた。

「失敗っスね！」

「見ればわかるよ！　全然ダメだったよ！」

コメントの内容も最悪だったぞ。威厳も何も感じられないし、仮に悪霊がコメントに耳を傾けても、結局出ていってはくれなかっただろう。

「ぬいぐるみに入ってる悪霊は火の精霊の信者でも何でもないっスからね。それはしょうがないっスよね。まっ、火の精霊では無理だったということがわかって、それはそれで収穫っス」

強引にプラスに持っていこうとしている。

たしかに、祀られている存在ですら制御不能という知見は得たけど、それではどうしたらいいのかというとわからないままだ。むしろ、解決がさらに遠のいた気がする。

「ところで、あのゆるい方は本当に松の精霊ですの？」

オースティラが疑わしそうに聞いてきた。

「気持ちはわかるけど、本物だよ」

ライカはじわじわと焦《あせ》ってきていた。視線があちこち移動している。

今のところ、大失敗続きで何も解決策が見えないままだ。

悪霊退治自体はできる知り合いもいるけど、あんまり実力行使には持っていきたくない。しかし、話し合いどころか、話すら聞いてくれない状況では交渉も難しそうだ。

「まだ、お呼びしている方はいます。その方たちを待ちましょう」

ライカは右手をぎゅっと握り締めて、自分に言い聞かすように言った。

これから来るメンバーに懸けるしかないか。


そのメンバーはほとんど間をおかずにやってきた。

ベルゼブブとペコラだった。

「また、ややこしいことになっておるの。むしろ、おぬしら、ややこしいものをいちいち探し出しておらんか？」

「皆さん、ごきげんよう♪　これだけぬいぐるみがはしゃいでいる光景は珍しいですね。これを見せて、お金をとれそうなぐらいですよ～」

ベルゼブブとペコラは扉の外側からも見えるぬいぐるみたちを見て、ずいぶん異なった感想を述べた。

このあたり、よく巻き込まれる側と、よく悪だくみを考える側のポジションの違いかなという気がする。

「ややこしいことを探してはいないけど、今回はそこそこ積極的に関わってはいる」

「見ないふりというのはおかしいと思いましたので。どうかご助力ください」

ライカのお手本のような立派な発言を聞けば、ベルゼブブもやる気になってくれるだろう。ただでさえ、ベルゼブブは頼めば断らない性格だし。

しかし、ベルゼブブがいることに私は少し不気味なものも感じていた。

魔族であるベルゼブブは人間の悪霊ぐらい、攻撃で強制的にやっつけられる。

普通の人間では悪霊にダメージを与えることはほぼ不可能だが、魔族はその制約がない。問題なく悪霊にも干渉し、倒そうと思えば倒せてしまえるはずなのだ。

かなり前の話だけど、ロザリーが地縛霊《じばくれい》として居座っていた時もベルゼブブは倒すことも視野に入れていたから間違いない。

しかし、それは最終手段だ。

悪霊がぬいぐるみ寺院に迷惑をかけているとはいえ、生きてる側の都合で撃退するというのは、あまりに一方的すぎる。

できることなら、穏便に解決したい。

ライカのほうをちらっと一瞥《いちべつ》した。

不安そうにしているけど、それはまだ問題が未解決だからなだけだろうか。

それとも、ライカも最終手段をとることが怖いんだろうか。

あまり口出しをするのもよくないけど、ベルゼブブがすぐにぬいぐるみを攻撃しにいこうとしたら、一回話を聞くぐらいのことはしてもいいか。

「なんとも、大量じゃのう。全国からここに集まってきとるようじゃ。ここから悪霊を全部追い出した場合、またひともんちゃく起きそうじゃぞ」

ベルゼブブはぬいぐるみだらけの中に踏み込んで、つぶやいた。

ぬいぐるみごと悪霊を消滅させるというほど過激なことは言ってないが、それでも派手なことになってしまいそうだ。

「魔王様はどう思いますじゃ？」

その時、私はペコラの瞳《ひとみ》がやけにきらきら輝いているのに気づいた。

「これは素晴《すば》らしいです！　気分が自然と盛り上がりますよ！」


あっ、これは見覚えがあるぞ……。ムーの時みたいに、自分も楽しむ側になってしまって、問題解決をする気がなくなるパターンではないだろうか。

だったら、ペコラは頭数に入らなくなる。

そうなると、ベルゼブブに強制排除をお願いする以外の選択肢が消える。

いや、違うな。ペコラがそれに断固反対するなら、ベルゼブブは立場上、何もできない。

ある意味、実力行使に出なくて平和とも言えるけど、つまり未解決のままである。

これは失敗かな……と思ったのだけれど、

「あの～、皆さん、セッティングに少し時間をいただけないでしょうか？」

ペコラがそんなことを言ってきた。

私もライカもきょとんとしていた。セッティングって何だ？

「あの、ペコラさん、いったい何をなさるおつもりでしょうか？」

ライカが確認のために尋ねる。何もわからないまま、どうぞどうぞとは言えない。

「そこは終わってからのお楽しみですよ♪　まだ言えませ～ん♪」

ペコラらしい反応をされた。

こうなったら、てこでも教えてくれないな。

「心配しなくても、痛いことや怖いこと、それと被害者が出るようなことはしませんから大丈夫ですよ～」

「で、ですか……。それでは、お任せいたします……」

ライカは迷いながらも了承することにしたようだ。

まっ、ペコラもぬいぐるみ寺院の建物を爆破《ばくは》するような無茶苦茶なことはしないだろう。

「ありがとうございます！　それでは、お呼びするまで、皆さんはほかの建物にでも入ってくつろいでいてください♪」

見るなということなんだろう。

「じゃあ、ペコラに同意した以上、私たちはお茶でもいただいてるよ」

私はライカの背中を押して、そこから離れることにした。

「それじゃ、わらわも魔王様に任せましょうかな」

「あっ、ベルゼブブさんは作業を手伝ってもらうかもしれないので、念のためいてください」

ベルゼブブが、すごく嫌そうな顔をしているのが印象的だった。

◇

私たちは寺院の応接を兼ねている建物に移って、そこでお茶をいただいていた（留め置かれたベルゼブブを除く）。

お茶の飲めないムーはナーナ・ナーナさんの膝《ひざ》の上で寝ている。ムーは寝る必要はないはずだけど、眠たい時ぐらいはあるだろう。

「静かでちょうどいいですね」

ナーナ・ナーナさんが冗談混じりに言った。

「私のところの神殿で出してるお茶よりいいものを使ってるっスね。器《うつわ》もグレードが高い窯《かま》のものっス」

ミスジャンティーがどうでもいいことにばかりこだわっている。まさにそれはどうでもいいとして——

私は自然とライカに目がいってしまう。

ペコラとベルゼブブが何をやっているのか、気になって仕方がないらしい。

出されているお菓子《かし》も全然減っていない。

その横でオースティラがひょいひょい口に入れていた。食べることに関してはどんなにお嬢様ぶってるドラゴンも妥協しないようだ。

そのせいで、ライカがお菓子を食べていないのが余計に目立った。

不安だということが顔に書いてある。

「あなた、自分で背負い込みすぎですわよ」

クッキーを呑《の》み込《こ》んでからオーステイラがライカに言った。彼女もちゃんと気にかけてはくれていたらしい。

「失敗したからって、誰かが死ぬわけではありませんし、手を貸したのだってたんなる善意でしょう。ぬいぐるみ寺院の関係者だって落胆はしても恨みはしませんわよ」

「もちろん、わかっています。それでも、どうせなら上手《うま》くいってほしいではないですか」

「責任感がありすぎるのも考えものですわ。けれど、だからこそ、竜王になれたのかもしれませんわね」

オーステイラは苦笑しながらため息をついた。

おお、この子もライカのことがよくわかってるじゃないか。

伊達《だて》にライカをライバル視したりしてないな。

「いや、我が竜王になれたのは、責任感というより、最後の勝負がチェスだったからだと思いますが……。オーステイラさんは全然チェスができなかったから、我が勝って当然ですよね」

「わかっていますわよ！　なんとなくいいこと言った感じなのに台無しにしないでくださいまし！」

たしかに、あの竜王の決め方はだいぶいいかげんだったからな……。精神力の強さの違いみたいな要素で決着したわけじゃなかった……。

「とにかく――」

オースティラが再度、ため息をついた。

今度はだいぶあきれた感じのため息だ。

「責任感まで自覚をしてるようなら、いいですわ。好きなだけ思い悩みなさい。自分が倒れない範囲なら、それも美徳の内ですわ」

「ありがとうございます、オースティラさん」

ライカもオースティラの気づかいがわかったようで、すぐにお礼を言っていた。

うん、真面目なライカはその真面目さを武器に生きていくしかないのだ。不真面目になることはできないのだから、その真面目さと上手く付き合うのがいい。

もしライカが真面目なせいで身を滅ぼしそうになれば助けに入るけど、ライカだって自分の性格は知っているから、ブレーキはかけられるだろう。

師匠として私ができることはほとんどない。

昔からそうだったし、これからもきっとそうだ。

でも、師匠というのは、えてしてそういうものだ。

「ペコラさんに託したからには、今はゆっくりと待ちたいと思います。もし、それで上手くいかなかったら、その時はまた次の手を考えます」

その時、私たちがいる応接室に、ぬいぐるみ寺院の聖職者の人が入ってきた。

「ぬいぐるみの保管庫に来てください、とお伝えするように言われまして」

どうやら、ペコラのセッティングが完了したらしい。

「それと、誰かが代表して保管庫の扉を開いてほしいとのことです」

なんだろう、びっくり箱みたいな趣向でもあるんだろうか……？

「それでは、今回のぬいぐるみ問題に首を突っ込んだ者として、扉の開閉役を我の一存で決めたいと思います」

ライカが積極的にそう言って、右手をこっちに向けた。

「アズサ様、お願いいたします」

「げっ……」

しょうがない。まさか爆発《ばくはつ》はしないだろうし、開けさせてもらうか。

◇

私たちはぞろぞろと保管庫のほうに向かった。

事前に扉を開けろと言われていた意味がわかった。

保管庫の前に行っても、ペコラもベルゼブブもいない。

当然、ぬいぐるみの姿もない。

「何も変なことが起こりませんように……」

私はぬいぐるみだらけの建物の扉を開く。

さっきまでと違って、内部は暗くなっていた。

光が入らないように分厚いカーテンでもしているのだろう。

すると、内部のある一点にだけ光が差した。

そこにはペコラとベルゼブブとが立っていた。

変なポーズを取って。

服装もなんか派手なものになっている。


これはアイドル仕様だな、とすぐにわかった。

私の読みは大当たりで、どこからか音楽が流れて、ペコラが歌いだす。

「ぐるぐるぐるぐる、ぬいぐるみー。ぐるぐるぐるぐる、ぬいぐるみー♪」


即興の歌か、もともとある歌か、どっちなんだろう……。

一方、ベルゼブブは主に踊るだけで、あまり歌わないらしい。

それだけなら、ぶっちゃけ、ペコラがベルゼブブを強制参加させているいつものパフォーマンスと言っていい。でも、今回は明白に違うところがあった。

ぬいぐるみに入った悪霊たちが平気で飛び回っている。

一応、ペコラの曲に合わせて動いているものもいる。中には私たちと同じようにペコラのライブを鑑賞して、自然と体を上下左右に振っているのもいる。

一方で、ペコラたちには関係なしに飛んだり、跳んだりしているぬいぐるみも存在する。

なのに、そんなぬいぐるみたちまで、ちゃんとペコラの舞台の一部になっている。

「そうか、ぬいぐるみをセット扱いにしてるのか！」

やがて、ペコラとベルゼブブの周りを囲んで、回っているぬいぐるみたちが現れだした。後ろには波みたいに左右に揺れているぬいぐるみもいる。

ペコラと強制参加させられているベルゼブブ　ｗｉｔｈ　ぬいぐるみ軍団

そんなアーティスト名が頭に浮かんだ。

こういうミュージックビデオがあってもおかしくない。しかも、けっこうお金がかかるやつ！

サビに当たる部分ではベルゼブブも歌に参加させられていた。

そんなベルゼブブの周りにもうじゃうじゃぬいぐるみがやってくる。何体か踏みつけそうだが、ベルゼブブが上手い具合にかわしていく。

と思ったら、二体ほど踏まれていた。

でも、おおげさに痛そうなそぶりを見せて、後ろのほうに下がっていった。

体がぬいぐるみだと、どこまでが演技で、どこからが素《す》のリアクションだかわからない。


「心がすさんだら、ぬいぐるみの世界に来てね～♪」


歌が終わり、演奏も終わったところで、ぬいぐるみまで、ぴたっと静止した。

私はそのタイミングで拍手《はくしゅ》していた。

ライカも少しぽかんとしていたが、一呼吸おいてから力強い拍手を送っていた。

「素晴らしいです！　大変よいショーでした！」

うん、ショーとして優《すぐ》れていることは誰しも認めるだろう。

「ぬいぐるみが好き勝手に動くことを逆手《さかて》に取ったわけですわね。お見事ですわ。ちゃんと歌に合わせて動いてくれたぬいぐるみたちは、どうして言うことを聞いてくれたのか不明ですけれど」

オースティラも満足した表情をしていた。でも、ぬいぐるみがペコラの手伝いをした理由はわからないらしい。

「我はなんとなく察しがつきます」

「教えていただいてもよろしくて？」

「ぬいぐるみたちもこれは遊びの一環《いっかん》だと思ったんじゃないでしょうか」

ライカは自信を持って答えた。うん、私もその説に賛成だ。

「これまでは、ぬいぐるみの中の悪霊に出ていくようにとしか言っていませんでした。楽しいわけがありませんよね。ですが、ペコラさんはここで何かをする提案をしたんです。一緒に遊ぶなら協力してもいいと思う方だって増えるでしょう」

オースティラも思わず、うなずいていた。素晴らしい意見だ。

「――ただ、これと問題の解決とが、どう結びつくかわからないのですが……」

ライカの声が少し弱くなった。

そうなんだよね……。悪霊たちがどこかに行ってくれるかは別なのだ。

しかし、私たちのところにやってきたペコラはすぐにこう言った。

「そこも問題ありません！　ここから、ぬいぐるみさんがいなくなればいいんですよね？」

ペコラの言葉にライカは「ええ、そうですが」とうなずいていた。

「このぬいぐるみさんたちは、魔族の土地まで運んでいきます♪　ぬいぐるみさんたちも建物の中にいるだけだから、外部の環境が変わることに不満はないようですし」

ぬいぐるみごと引き取ってしまうということか！

「子供の魔族がこんな部屋に入れば、立派なアトラクションになりますよ～。悪霊さんが集まったところで、食糧問題も住居問題もないようなものですし」

「た、たしかに魔族の土地であれば動くぬいぐるみなど、怪奇現象でも何でもないですね……」

ライカも検討《けんとう》していなかった答えを出されたようで、ちょっとあわてていた。

「そういうことじゃ。この数のぬいぐるみじゃから、今日明日に回収というのは無理じゃが、リヴァイアサンのファートラとヴァーニアを何度か派遣すれば、片がつくじゃろう。金属や液体を運ぶのと比べれば楽勝じゃ」

ベルゼブブは何やら書類みたいなものを片手でぴらぴら振った。

「計画書はもう作っておる。あとで確認せよ」

計画書にも問題はなく、ぬいぐるみ問題は無事に解決しそうです。

◇

帰路《きろ》、私はライカに乗ってのんびりと高原の家を目指している。

「よかったね、ライカ。お手柄だよ。ぬいぐるみ寺院の人も喜んでたよ」

ぬいぐるみ寺院にとったらライカは救世主そのものだ。

「それは本当によかったのですが、我が何かをやったというわけではないから面映《おもは》ゆいですね……。解決策を提案してくれたのは魔族の方々だったわけで……」

「その魔族を呼んだのは姉御《あねご》なんだから、姉御が誇っていいんですよ」

ロザリーの言うとおりだ。

「ライカ、ほかの頼れるみんなの力を借りるのも立派な仕事なんだよ。私だって、一人でできることは限られてる。私だけじゃなく、ライカでも、魔族でも、精霊でも、それは一緒。一人だと限界があるの」

「ですね。今回のことでそのことを一層強く学びました」

ライカもわかったくれたらしい。

「我は自分を磨くことは慣れているのですが、人に頼るのはあまり得意ではないので……今後はそれにも慣れていきたいですね」

「おっ、新しい目標ができたね！　いいこと、いいこと！」

弟子の成長が見られて、師匠の私もうれしいよ。

「あと、人に頼るのって、実はライカ、有利だと思うんだよね」

「どういうことですか、アズサ様？」

「ライカって真面目でしょ。真面目な人の頼みなら聞いてあげようって、みんな思うものだよ」

ライカはさすがに「ですね、我は真面目です」とは言わなかったけれど、しばらくしてからこう言った。

「これからもより一層精進していきたいと思います！」

三日後。オースティラがまたやってきた。

大量のぬいぐるみ用の材料を持って。

「ライカさん、今日は本格的にウサギのぬいぐるみの練習をいたしますわよ」

「はい。しっかりと学んでいきたいと思います」

「とくに耳の部分がポイントですわ。しっかり聞いておいてくださいませ」

「一人前のぬいぐるみが作れるよう、精進します！」

そのやりとりを見て、私は心の中でツッコミを入れた。

ぬいぐるみに精進するんかい！

土の中で修行中のアンデッドを発掘した

She continued destroy slime for 300 years

私たち家族は魔族の首都、ヴァンゼルド城下町に来ていた。

そろそろまた遊びに来いというベルゼブブからの圧力が次第に強くなってきていたからだ。正直、会うたびにそう言われてうるさいので一回リセットしたかった。


今回は数日、滞在してぶらぶらしようと思う。


昨日、ヴァンゼルド城下町に着いて、今日の私はサンドラと街をぶらぶら歩いていた。ナンテール州近辺の街よりはるかに大きいので買い物をするのは楽しい。

「ところで、サンドラはベルゼブブと一緒じゃなくてよかったの？」

どっちかというと、ベルゼブブがサンドラと一緒じゃなくて悲しむのではという気もするけど。

サンドラは少しげんなりした顔になった。

「もてなされすぎて、かえって疲れちゃったのよ。昨日、もてなされたから今日は少し間を空けるの」

「そういうこともあるのか……」

私も高原の魔女としてあまり讃《たた》えられすぎると、ほどほどにしてくれと思う時があるので、おそらくそれに近いものなのだろう。

人間というのはわがままなもので、いいことでも過剰だともういいやって気持ちになってしまうのだ。でも、サンドラは植物だから、人間に限定できないのか……。ややこしいな。

ヴァンゼルド城下町に立ち並ぶ看板《かんばん》ぐらいなら、魔族語をけっこう覚えてきたので、読むことができる。

ここ最近、重点的に勉強したら、割とわかるようになってきた。魔族語の小説なんてのはきついけど、シンプルな説明が多い看板なんてのは成果を示すのにちょうどいい。それに何屋さんかは店を見れば大半はすぐわかるので、答え合わせができる。

『ハーピーとナーガの服専門店』
『壁を黒く塗ります』
『少人数指導の魔法学習塾』

当然だけどいろんな店がある。人間の国だと絶対にない店もあって面白《おもしろ》いな。

「ねえ、あのお墓がたくさん描いてる看板は何なの？　墓石の店？」

サンドラが指差したほうを見ると、たしかに墓石が看板の中にいくつも並んでいる。

しかし、墓石を売る店にしては、やけにポップな雰囲気《ふんいき》で、何かが違う気がする。サンドラもそれを感じ取ったから、質問をしてきたのだろう。

お店の中も石材店という様子はない。

そもそも、看板に文字が書いてないのだ。そのお店が必要な人にとったら、店を見ればわかるということなんだろう。これだと言葉を覚えただけでは太刀打《たちう》ちできないな……。

もっと近づいてみて、何のお店かわかった。

「ああ、これはアンデッドのための専門店だね」

店の中に「おすすめ消臭剤《しょうしゅうざい》」なんて文字が見えるし、客の顔色が悪い気がするのだ。

アンデッドが生活になくてはならないものを購入するのだろう。

「こんな限定した客層の店でもやっていけるのね」

不思議そうにサンドラはお店を見ていた。たしかにもっともな疑問かもしれない。

「客層をしぼってるからこそ続けられるってこともあるかもね。商売敵《しょうばいがたき》も少なくて、この周辺のアンデッドがみんな利用するなら収入が安定してるから続けやすいかも」

「そういうことね。一年草的なビジネスじゃなくて、数百年生きるのも当然っていう杉や楠《くす》の仲間みたいなビジネスってことか」

「まっ、素人《しろうと》考えだから、正解かどうかはあとでハルカラにでも聞いてみてよ」

その時、後ろからぽんぽんと肩を叩《たた》かれた。

振り返ると、ポンデリが立っていた。

「あっ、やっぱりアズサさんですね！」

アンデッドらしさもない元気な声でポンデリは言った。

「お久しぶり、ポンデリ。そっか、アンデッドのお店ならポンデリが来たとしてもおかしくないか」

「ここはボクのゲームショップにも近いですしね。よく使わせてもらうんです」

そういや、ポンデリのお店に行く途中にこの道を通ったことがあるかもしれない。

「ポンデリは今からゲームショップに行くの？」

「いえ、今日はほかの店員に任せている日です。買い物で歩いてるだけですよ。買い物も全部通販で済ませられたら楽なんですけどね～」

サンドラは偶然《ぐうぜん》出会ったポンデリに興味を持ちだしたらしく、じろじろ見ている。

「ねえ、アンデッドの生活について何か教えて。死んでる植物が動いたり話したりすることってないから、あなたたちのことは気になるの」

率直《そっちょく》にサンドラは理由を説明した。

「そういや、植物のアンデッドって私も聞いたことないな」

サンドラみたいな存在が生まれるのってマンドラゴラぐらいしかいないので、植物のアンデッドが存在したとしても確率的に低すぎて、結局どこにもいないということなのかも。

獣を食べるような花のモンスターのアンデッド版はいるかもしれないが、それは完全にモンスターで、都市部で暮らせる存在じゃない。

「ボクも植物のアンデッドは聞いたことないですね～」

ヴァンゼルド城下町に住むアンデッドのポンデリが聞いたことがないというなら、植物のアン

デッドはほぼ存在しなそうだ。

「自分で移動する植物なら魔族領にはちょくちょくいますけど、ああいうのもアンデッド化するんでしょうか。むむむ～」

ポンデリもろくに意識したことがなかったようで、考え込んでいる。

まっ、自分たちのことほど深く考えたことがないというのは、よくあることだ。私も住んでる土地について、どこまで詳しいかというと怪しい。

「もっとアンデッドに詳しい方なら知ってるのかな……。ついでにアンデッドのこともいろいろ教えてくれる気がしますし、今から行ってみますか？」

「アンデッドの研究者みたいな人がいるってこと？　そりゃ、いてもおかしくないか」

私は頭の中に大学みたいな大きな建物を想像した。

「ちょっと違います。アンデッドの信者が多い宗教の教会です」

「そんな特徴的な宗教があるんだ！　さすが魔族の土地！」

人種が多ければ、宗教の数も増えるだろう。

「死は終わりではなく、かといって救いでもなければ、永遠の世界に行くことも意味せず、ただ死んだという新しい日常が続いていくだけである――――という教えの宗教ですね」

「まさにアンデッドのためにあるような教義！」

アンデッドにとっての死ってそういうものだもんね。せいぜい、人間で言うところの引っ越しぐらいの感覚だと思う。

そんなアンデッドにとったら、死や死後の世界にあまり大きな意味を置く宗教はピンと来ないのだろう。

「ミスドナ教っていう宗教です。その教会の場所を知っているのでお連れできますよ。ボクは信心深くないので、あんまり行かないですけど」

もはやサンドラだけじゃなくて、私もかなり行きたくなってきた。

「じゃあ、ポンデリ、教会まで案内してもらえる？」

「もちろんです！」とポンデリは元気に右手を挙げた。

私とサンドラはポンデリの横について、だいたい二十分ほど歩いた。

元々の城下町の散策と合わせるとそれなりに長く歩いてることになるから、途中でサンドラが疲れるかなと思ったけど、好奇心のほうが勝ったのか、ペースが落ちることもなくついてきた。サンドラも足腰が強くなってきたのかな。

「ここです、ミスドナ教の教会です」

ポンデリが手で示した先には、レンガの壁と赤い屋根（瓦《かわら》みたいなものを並べている）の建物があった。レンガもだいたい色なので、全体的に温《あたた》かそうな色合いである。

赤っぽい色だからというのもありそうだけど、いわゆる西洋の大聖堂みたいな建築よりは、アジアのお寺という雰囲気のほうが強い。魔族の土地ではけっこう異質な建物だと思う。

入り口前の看板には「いいことがある」「輪の中は空虚《くうきょ》」みたいな意味の文字が描いてある。この宗教の格言みたいなものだろうか。

教会の扉を開けると、大量の白い煙がぶつかってきた！

「何よ、これ！　煙たいわね！　がおー！」

いきなり攻撃されたと思ったのか、サンドラが威嚇《いかく》みたいな声を上げる。

「ああ、お香を焚《た》いてるんです。アンデッドにも生物にも害はないので、安心してください」

「いや、この煙、目が痛くなるし、そういう害はあるけどね……」

宗教と煙は親和性が高い気がするけど、量が多すぎる。

煙に耐えながら先に進むと、ゆったりした着物を片方の肩から斜めにまとっているアンデッドらしき人たちがいた。

翼みたいな魔族的な特徴がない人のほうが多いようだけど、全員同じ僧侶用の服を着て、頭も布でぐるぐる巻いている。

そんな僧侶たちが車座になって、みんなで円の形を作っている。

いかにも僧侶の修行中という感じがある。でも、どうやら会議中らしい。

「じゃあ、このあたりということは間違いないんだな？」「ただ、これでもまだ範囲が広すぎる」「途中、イベント会場で使われた時期があって、それで目印が消えてるんですね」

どうやら何か問題が起こって、それの対策を話し合っているという様子だ。

表情も困惑気味の人が多い。

これは「植物のアンデッドはいるんですか？」なんて質問を軽く飛ばせる雰囲気じゃないな……。

「すみません。カードゲームショップを経営してるアンデッドのポンデリです。知り合いの生きてる方がアンデッドのことで質問があるんですが、聞いていいですか？」

ごく普通にポンデリが突撃した！　けっこう度胸あるな！

追い返されそうで心配だったけど、僧侶の一人が立ち上がって、こっちにやってきた。

尻尾《しっぽ》が生えたりもしてないし、生きてる人間と比べると顔色が悪いことを除くと、人間のおじさんとの違いはほぼない。

「いやあ、会議中でバタバタしてて申し訳ありませんねえ。『二十年土生行《どせいぎょう》』が満了するというのに、トラブルが発覚しましてね。対応を話し合ってたんですよ」

謎《なぞ》の単語が出てきたけど、おそらく二十年かけて行う修行か何かだろう。

魔族は長命だけど、アンデッドに至ってはすでに死んでいるわけだから、二十年もかけて行う修行ぐらい、ざらにありそうだ。

「質問自体は受け付けますので、どうぞ、どうぞ。最悪、修行がもう一年延びたところで、それで死ぬわけでもないですしね。我慢《がまん》してもらえばそれでいい話です。修行というのはそういうものですし。申し遅れましたが、僧侶のダスキと申します」

ダスキさんがそう言ってくれたので、サンドラは早速質問をした。

「植物のアンデッドっているのかしら？」

「植物のアンデッド？　まったく聞いたことないですね。植物は枯れてしまうのでアンデッド化できません」

予想はしてたけど、あっさり終わった。

これで目的は終わったのだけど、すぐに引き返すのも変だし、もったいないので、もう少しダスキさんと話をした。

そのほか、サンドラはアンデッドは寝る必要があるのかとか、ごはんを食べるのかとか、私でも気になるようなことを尋ねたけど――

「ぶっちゃけ、ケースバイケースですね」

が大半の答えだった……。

このあたり、誠実に答えてくれる人あるあるなんだけど、たいていの場合に例外があるので、時と場合によるとしか言えなくなりがちなのだ。

ただ、そのあとにだいたいの傾向は教えてくれたけど。

寝ずに過ごすこともできなくはないが、体のほうが傷むので、生きてる存在と同じぐらいの睡眠はあったほうがいいらしい。睡眠というか休憩時間が大事であるようだ。

「ほら、我々アンデッドは肉体は実体としてありますからね。一切《いっさい》の休みなく動かし続ければ、物理的にガタが来ます。馬車を引く動物を元気なものに替えたとしても、油も差さずに延々《えんえん》と走らせ続ければ、車輪に不調がきたりするでしょう」

「そっか。実体がある以上はメンテナンスは大切ってことね」

サンドラも興味深そうに聞いていた。

そういえば、ロザリーも、サーサ・サーサ王国のムーたちも、アンデッドにはそんなに詳しくなかった。

前世の価値観でいえば、どちらも「お化け」のカテゴリーに放り込まれそうな存在だけど、実質はかなり異なるらしい。

サンドラもそれに気づいたらしく、

「ロザリーとは全然違うのね」

とふんふん確かめるように口にしていた。

これ、社会見学の授業っぽいな。サンドラに義務教育はないけど、案外どこでも子供はちゃんと育っていくのかもしれない。

ただ、そんな質問タイムの間も、私はその奥の会議が気になっていた。

「どうでしょう？　一日一掘り運動などを信者の方々に提唱してみては？」「それ、近所に住んでる人しか実践できんだろう」「爆発《ばくはつ》系の魔法を使うか？」「一緒に吹き飛んだら終わりだぞ！」

かなり紛糾《ふんきゅう》しているようだ……。

しかも爆発がどうとか物騒な話まで出ている……。

「じゃあ、私の疑問はだいたい解《と》けたわ。ありがとうね」

「いえいえ。これも功徳《くどく》を積む行為ですから」

サンドラのお礼が若干偉そうで失礼な気がしたけど、サンドラも相当な長命だし、いっか……。

僧侶のダスキさんもなんとも思ってないようだし。

「よかったですね。そしたら、市街地のほうまで戻りますか」

ポンデリが言った。ポンデリからしたら、こちらの疑問点を解《と》くという仕事を終えたのだから、当然だろう。しかし……。

さすがに気になりすぎて、サンドラの質問に答えてくれていたダスキさんに尋ねた。

「あの修行のトラブルっていったい何が起きてるんですか？」

「ああ、『二十年土生行《どせいぎょう》』のことですな。わかりました。説明しましょう」

ダスキさんがにこやかに言った。

「この修行は、二十年もの間、ひたすら人々の願いがかなうように祈るというもので、達成した僧侶は大行者《だいぎょうじゃ》という地位につきます」

そりゃ、二十年もかかる修行を達成したら昇進できないとやってられないよな。

もっとも、僧侶の模範《もはん》解答としては「昇進のために修行するんじゃないです。修行自体に意味があるんです」ということになるだろうけど。

「まず、この修行をスタートする前に学校に行きます」

「学校？　みんなで勉強するあの学校ですか？」

想定外の単語が出てきた。

ダスキさんの話はなおも続く。

「はい、その学校です。そして、卒業が近い学生の皆さんに二十年後の自分はこうでありたい、こうなっていたいという希望を紙に書いてもらい、それを回収します」

なんか、タイムカプセルの中に入れる「将来の自分像」みたいだな……。

私も小学校を卒業する前に何か書いて埋めた気がする。

まさか、過労死するとは思わなかったけど……魔女に転生してこんなふうに生きているとはもっと思わなかったので、未来のことは誰《だれ》にもわからないものだ。

タイムカプセルの「将来の自分像」に、転生して不老不死の魔女としてだらだら過ごすなんて書いていたら、子供が書いたこととしても引かれそうだ……。

「続いて、一人でならぎりぎり生活できるぐらいの大きな箱を用意します」

むっ、なんか入れ物にあたるものが登場したぞ。

「その箱に『二十年土生行』の修行者と学生の皆さんが書いた紙を入れて、地中深くに埋めます」

マジでタイムカプセルでは⁉

「地中の箱で修行者は熱心に学生の皆さんの夢がかなうように祈ります。もちろん、世界の平和や安寧も祈りますが、どうしても願いが抽象的になってしまい、目的を見失いがちなので、そこで学生の皆さんの夢の実現を祈ることでブレないようにするのです。自分自身のためではなく、ほかの皆さんのために祈ることこそが、出家者の意義ですからね」

無茶苦茶《むちゃくちゃ》な気もするけど、意外と筋が通ってる気がする！

「それ、埋まってる人は死ぬんじゃないかと思ったけど、修行者がアンデッドなら問題ないってことですね」

アンデッドは生きてないので、食べるものも空気も必要ないはずだ。

「それって、明かりはどうするの？」

サンドラがもっともな質問をした。

「箱の中を照らす魔法ぐらいは覚えていないと、修行に参加できません。学生の皆さんの夢も経典も読めなくなってしまいますからね」

魔法という概念がある世界だからこそ、実践できる修行だな……。

「そして、二十年が経過したら、土を掘り起こして修行者を出すのですが――

――目印がなくなって、どの位置に埋めたか、わからなくなっちゃったんですよね……」

「それは大問題っ！」

二十年の修行を達成して、やっと地上に戻ってこられると思ったら、なぜかそのまま放置されるって……あまりにも悲惨すぎる。

「ちゃんと地面に目印をつけたうえで修行はやるのですが、生活できるほどの大きな箱を埋めるような更地《さらち》でしょう。その上で大規模なイベントをやりたいという業者が多いので、何度も貸してしまいまして。気づいたら、どこがどこだか……」

ダスキさんは言いよどみながら、視線を落とした。

それは難しい顔で会議をしなきゃいけないはずだ。かなり特殊な捜索活動が必要になる。

だが、サンドラもポンデリもあまり大変だとは感じてないらしく、平板な表情をしている。もしや、植物にもアンデッドにも土の下に二十年ぐらいのことなら、どうってことないんだろうか？

「見つけるのって簡単じゃないですか？　肉体を持たない方が地中に潜って、場所を特定したらいいんですよ。それぐらいこの街にいくらでもいますよね」

ポンデリがあっさりと解決法を示した。

そっか、その手があったか！

ていうか、ロザリーでもあっさり解決できる。サンドラだって、ロザリーを連れてきて、土に潜らせればいいだけだと思っただろう。

今の前提条件のままならそこまでのピンチではないのだ。

「いやあ、それが実体を持たない方が入れないように、古代から地面のすぐ下の浅いところに強力な結界が張られているところが修行場所に設定されているので、それは無理なんです……」

「それはヤバいですね！」とポンデリが反応した。

ポンデリの認識でもピンチに切り替わったらしい。

「これは孤独に修行をすることに意味があるものですので、実体のない誰かが毎日遊びに来たりすると困るわけです。はるか昔、毎日、実体のない人たちと騒いでいたというケースがありまして……それ以来、結界を張ることにしました」

それはそうか……。「スマホもネット環境のあるパソコンも使用可能」という刑務所があんまりないようなものだ。

この世界だと地下にいるだけなら外部との接触がいくらでもとれるので、もっと徹底した遮断が必要なわけか。

「このままだと修行者を掘り出せません。アンデッドなので死にはしないのですが、たとえば満了した年から三年後に掘り出したりすると、『なんで三年も延長したんだ』といつまでも文句《もんく》を言われ続けることになります……」

「悩みの方向性がおかしくないですか？　そこは救出できないことで悩みましょうよ！」

僧侶なのにセコいことを言っている……。

「いっそのこと、気づかなかったことにして埋め続けるという手もアリではという話も出たのですが、もしほかの誰かが偶然掘り出すとやっぱりまずいことになるので、却下されました」

「それ、もはや犯罪なのでは……？」

「そこは大丈夫です。アンデッドなので土の下にいても死にはしないので、殺人罪にはなりません」

何も大丈夫ではない。そんな、とんちみたいなことでは許されないと思う。

「土に埋まってるだけなので、理屈の上では徹底的に掘れば必ず出てくるのですが、そうなるととてつもない額のお金が必要になるので……」

ダスキさんが暗い顔をした。宗教団体といっても、経営はしていかないといけないので、無尽蔵《むじんぞう》にお金を費やすというわけにはいかないのだろう。

はぁ……。

ここまで聞いてしまった以上、知らないふりもできないか。

人の命が懸かってるわけだしなあ

いや、厳密には人の命は懸かってないのか。アンデッドはこのへん、ややこしい。

命が懸かってないにしても、不幸なアンデッドがずっと土の下というのはよくない。

「あの、発見できるかはわからないですけど、協力ぐらいはできるかもしれません」

私はそう言った。

言わざるを得なかった。

「協力というと……」

ダスキさんが私の目を見た。

「……修行者が埋まってるということは誰にも言わずに秘密にしてくれるということでしょうか？」

「そっちじゃないわ！　掘り起こすのを手伝うってことです！」

これ、私たちでなんとかしないと、修行者が永久に出られない気がしてきた。

◇

翌日の朝。

私たちはヴァンゼルド城下町の高い壁の外側にある郊外にいた。

小高い丘のふもとにある平坦地《へいたんち》の原っぱ。

ここのどこかにアンデッドの僧侶が埋められているという。

家族たちとベルゼブブ、それにミスドナ教の僧侶と信者たち、ポンデリなどが集まっている。集まるといっても、原っぱなので人口密度としては知れている。

「それじゃ、ライカ、フラットルテ、今から穴掘り大会をします！　ルールは事前に言ってるけど、もう一度説明するね」

みんな、離れているので、少しだけ声を張り上げる。

「この原っぱのどこかに、大きい箱が埋まってます！　箱は上側に出入り口のふたがあるので、そのふたを開けたら勝ち。なお、箱を破壊するのは絶対にダメ。いいね？」

「わかったのだ！　一つと言わず、二つも三つも見つけ出してやるのだ！」

フラットルテがスコップを振り上げて言った。

「元気なのはとてもいいんだけど、二つ以上は埋まってないよ！」

「我《われ》も問題ありません！　筋力を鍛《きた》えつつ、人助けもできるのですから、素晴《すば》らしいです！」

ライカは殊勝なことを言っている。ライカに関しては何も心配していない。

埋まっている箱を発見するために、私は穴掘り大会という策を用意した。

そして、フラットルテとライカに競ってもらうことにしたのだ（なお、私もちゃんと参加して掘ります）。

これなら負けず嫌いのフラットルテは徹底的に手を動かしてくれるだろうし、ライカもフラットルテに負けるのは嫌だから、一人でやるよりさらに気合が入るはずだ。

それと、ミスドナ教の僧侶や信者も掘り進める作業をするためにスタンバイしている。いや、すでに掘っている。

大会だと言っているのはフラットルテのやる気を出させるためで、目的はあくまでも埋まってる修行僧の救出だからだ。

ぶっちゃけ、大会が失敗しようがなんだろうが、埋まっている修行僧が助かればそれでいい。

これなら、埋まっている修行僧を発見することも十分可能（だと思う）！

あとは、念のための確認作業をしておくか。

「ロザリー、この地面の下に潜れないか、試してみてくれない？　古代からの結界のせいで無理とは聞いてるんだけど、実は結界が破れてたなんてオチは笑えないから」

僧侶のダスキさんの言葉を疑うのもどうかと思うが、今回はミッションが重いので、しっかりチェックしていきたい。

「わかりやした！　行ってきます！」

ロザリーはプールに飛び込むみたいに両手を前に出して、地中に入った。

あっ、そういうふうに入るものなんだ……。

しかし、ロザリーの膝《ひざ》の先が地面の下に沈むことはなかった。

これは何かあるっぽいぞ。

すぐにロザリーが頭を押さえながら顔を出した。

「硬いです！　すごく硬い何かに当たりました……。これは悪霊ごときじゃ突破できねえ……」

「ありがとう……。できれば、もうちょっと安全に確認してほしかったかな……」

というか、悪霊でも頭を打って痛いというような感覚ってあるのか。

確認作業も済んだところで、

「ライカ、フラットルテ、穴掘り勝負、スタート！」


私は旗を下ろす代わりに、振り上げたスコップを地面のほうに勢いよく下げた。

「必ずや、埋まっている方を発見してみせます！」

「勝負であるからにはライカに勝ってやるのだ！　勝たないと面白《おもしろ》くないからな！」

ライカもフラットルテも早速、地面にスコップを突き立てて、土を掘り返していく。

普通なら硬い地面は少しずつスコップの歯を入れていかないと、なかなか掘り進めないものだけど、そこは力自慢のドラゴン。ふかふかの土みたいに、あっさりスコップが地面に飲み込まれた。

ライカとフラットルテの周辺だけ、すぐに地面の色が変わっていく。下のほうの土が出てきているのだ。

出だしは快調と言っていい。

私も同じように、さくっとスコップを地面に食い込ませる。

なかなか気持ちいい感じで作業はできそうだ。どうせならザクザク掘れるほうが楽しいからね。

「見事なスコップさばき。見ていて惚《ほ》れ惚れするほど」

「みんな、ファイトだよー！」

ファルファとシャルシャの応援が耳に届く。さらに気合いも入るというものだ。

作業を進めるに従い、私の周囲の地面が沈んでいく。

どんどん掘り下げている証拠だ。

それでも、このあたりの原っぱのどこかということだから、範囲がとにかく広い。

よほどピンポイントで埋めてある箱の上を掘らないと見つけられないだろう。

もちろん、僧侶たちからなんとなくこのへんだと思うという場所は聞いている。とはいえ、すぐそばに特徴的な木が生えていたわけでもないから、漠然とした目星にすぎない。

それ以上の絞り込みは不可能なので、結局は発見の確率を上げるためにはひたすら掘るしかないのだ。

自分の周囲を一メートルちょっとは掘り下げたけど、ピンと来る変化はない。僧侶たちの話だと、これぐらいのところに箱の上の部分が来るように埋めたというから、最初の穴は失敗か。

これは体力というより根気との勝負になりそうだな。

この場に来ているベルゼブブは魔族たちに指示して、紙にいろいろ記入させていた。

「この区画は一般魔族の胸の高さまで掘って何もなかったのじゃ。あ、そこはまだ塗らなくていいぞ。まあ、すぐに掘っていくと思うがのう」

どうやら掘った区画を塗りつぶすような作業をしているらしい。

「ねえ、ベルゼブブ、何してるの？　掘った場所の記入？」

「そういうことじゃ。今日で見つからなかったとして、次回にまた同じところを掘っておったらあほらしいじゃろう。無駄《むだ》を省《はぶ》くぐらいは手を貸してやるのじゃ」

ありがたい。こういうのは、効率を上げていかないときりがないからね。

さて、ライカとフラットルテでは、どちらが穴掘り上手なんだろうか。

ぱっと見では明らかにライカのほうが掘り下げている。なにせ、私からはもうライカの顔が掘った穴に入ってるせいで見えないぐらいなのだ。

「ライカさーん、無茶苦茶すごいですねー！」

ハルカラがライカに声をかけている。今日のハルカラは観戦側だ。

「はい、我は穴掘り大会の実力者の方に指導してもらったことがありますから！」

そういえば、そんなこともあった！

竜王となったライカのところにいろんなドラゴンがやってきたのだけど、そこに穴掘りで有名なドラゴンも来ていたはずだ。

真面目《まじめ》なライカはその技術をしっかりと身につけていたらしい。

「疲れない姿勢も習いましたから、いくらでも続けられますよ！」

まさか、穴掘り技術がこんなにわかりやすく役に立つことがあるとは……。

本当に何が幸いするかわからないし、知識や技術はあるに越したことはないなと思う。

「くそー！　フラットルテ様も全力で掘っているのに、ライカとの差が開いていく気がするぞ！腹立たしいのだ！」

フラットルテはまだ悔《くや》しがる顔が見えている。ということは、ライカより浅いらしい。

「やる気は大切です。ですが、やる気だけで技術をカバーできるものではありません。もっとも、やる気だけでも我はフラットルテに負ける気はありませんがね」

ライカの声だけが穴から聞こえてくる。見えるのは掘り出してる土だけだ。

「くーっ！　絶対にライカより深く掘ってやるからな！　地の底まで掘ってやるのだ！」

そのやりとりを聞いて、私はちょっとまずいぞ……と思った。

「フラットルテ、掘る深さで勝負してるわけじゃないからね？　一箇所だけひたすら掘ってもダメだからね？　趣旨は理解してね？」

同じところだけ掘っても、箱がない場所をさらに掘り下げていることにしかならない……。ちゃんと広範囲に掘ってもらわないと困る……。

「でも、ライカに劣《おと》ってるようなのは、なんか嫌なのだ……。だったら、せめて深さだけでも、それに勝ったほうが……」

ヤバい。このままではフラットルテという大きな戦力が欠ける！

「フラットルテ、これは掘った量や範囲で勝ち負けがつくのでもなくて、箱を見つけるかどうかだから！　いろんなところを、そこそこ深く掘ったほうがフラットルテが勝つ確率も上がるから！」

「そうか！　だったらいろんなところを掘ります！　勝つために妥協することはできないので！」

よかった……。軌道修正に成功した。

むしろ、フラットルテが勝手に軌道修正するのを阻止できたというべきか。

そのまま、私とドラゴン二人、それからミスドナ教の関係者たちは延々と土を掘った。それ以外にやることもないし。

しかし、今のところ、当たりはない。

当たりが出た時点で穴掘り自体、終了になるから当然と言えば当然なのだけど。

「どうしても飽きてくるな……。掘れば掘るほど楽しいってことはないから、しょうがないか……」

穴掘りには根気が求められる。

一メートルちょっと掘ったけど、何もないから、ここもハズレか。また、次だね。

巨大な箱を埋めているわけだから、その上の土も近くの掘り返してない土とは違うはずだ。土の質に変化がないままということは違うと判断してよいだろう。

厄介《やっかい》なのは掘ったところの二十センチ横に箱の隅の部分が埋まってる可能性はありうるということだ。

実はすごく惜しかったかもしれない。そう考えるとモヤモヤする。

それで、近くを掘ってみて、やっぱりないということが確定する。

そんなことを繰り返している。

と、誰かがこっちに歩いてくるのがわかった。

サンドラだとわかった時には、もう穴に飛び込んできた。

「どうしたの、サンドラ？　手伝ってくれるの？」

「ここから根っこを伸ばしたら、何か探り当てられないかしら？　真下は難しくても、横向きでいいなら、まだできそうな気がするのよね」

「ナイスアイディア！　根っこで箱を探すんだね！」

上手《うま》くいけば掘る範囲を一気に絞り込むことができる。

サンドラは足を穴の壁面につけて、「む～」とうなっている。

よくわからないけど、細い根っこみたいなのが出てるんだろうか？　サンドラの足も本当は根っこに当たる場所のはずなんだよね。

しかし、すぐに足を戻して、お手上げというように手のひらを上に向けた。

「全然ダメだわ。ここの土はありえないほどに硬いわね。一か月、二か月と少しずつ進むしかないわ」

「それは、いくらなんでも時間がかかりすぎるな……」

恐るべし、魔族の土地。植物にとっても、ありがたくない場所らしい。

そりゃ、木もろくに生えてない原っぱだもんな。肥沃《ひよく》な土地なら、魔族の誰かが畑にでもしているだろう。

「何も使い道がない土地じゃから、イベント会場などに使っておるし、アンデッドたちの教団が古くから所有して、まったく奪われることもなかったということじゃ」

ベルゼブブの声が私の入ってる穴にも聞こえてきた。

ハズレの土地だからこそ、時代の変化を気にすることなく、土の下で修行できるというわけか。

サンドラによる作戦も失敗に終わり、また私たちは単純作業に戻った。

作業開始から二時間、そろそろお昼ごはんをどうするか考えはじめていた。

「ほんとに何も出てこないな……」

すでにライカが掘ったところは、地面が大規模に陥没したのかというぐらいにへこんでいた。

掘った土の量もとんでもないので、ミスドナ教の関係者や地元住民たちがせっせとかき出された土を離れたところに運んでいた。一大土木工事だ。

そういや、穴掘りって、実際に地面を掘ることより、掘って出た土をどうにかする作業量のほうが大変だと、どこかで聞いたことがある。

穴を広げるために土は遠くに持っていかないといけないので、それはなかなか重労働だ。人間よりは体力があることが多い魔族たちでも苦戦している気がする。

ライカには劣るもののフラットルテの掘った範囲もなかなかのものだ。

「箱を見つければ、それでフラットルテ様の一発逆転なのだ！　逆転してやるのだ！」

ギャンブラーみたいなことを言っている……。とはいえ、やる気なのは間違いないな。

一方で、ドラゴンほどの体力がない参加者のところでは、ガタが来ていた。

ミスドナ教関係者たちの穴から、「肩が外れた！」という声が聞こえてきて、肩を押さえたアンデッドの僧侶が戦線離脱していった……。

「アンデッドはあまり疲労を感じなさそうなイメージがあるけど、体には限界があるよね……」

昨日、ダスキさんが言っていた、アンデッドにも休憩が必要というのは本当みたいだ。

もう、昼休憩に入るべきだろうか。士気も落ちている気がする。

そんな私のところに、今度はポンデリがやってきた。

「お疲れ様です。やはりどこもペースが落ちてますね」

「疲労も蓄積《ちくせき》してくる時間だしね。ところでお昼ごはんってどうなってるの？」

どれぐらいの時間で発見できるかまったくわからなかったので、私はそういう用意をしていない。

そこはミスドナ教が教団を上げて活動することだから、そちら任せにしていた。

ポンデリがサムズアップした。

「それならご安心ください！　ぬかりはありません！」

おっ、どうやらお昼ごはん抜きという事態は避けられそうだ。しっかり食べてお昼も、ばりばり穴を掘るぞ。

「近くのお弁当屋さんで四百人前の焼肉弁当を発注してますよ！」

「数が明らかな発注ミス！」

ちょうど、お弁当が載っているらしい荷車がどんどん到着していた。

ドラゴン二人で二十人前は食べそうな気もするけど、だとしてもとんでもない量が余ってしまう。

「いえいえ。実はさらに助っ人が来るので、その数も考慮に入れたうえでの発注なんです」

助っ人？　遠方からもミスドナ教の関係者が駆けつけてくるんだろうか。いや、ミスドナ教はほとんどアンデッドしか信仰してないので、お弁当も食べないはずだ。

そこに、やけににぎやかな声が聞こえてきた。

しかも、どれも声が若い。

二列縦隊になった魔族の子供たちがぞろぞろやってきた。

子供といっても、ファルファやシャルシャよりは見た目の年齢は少し上だ。

「二十年後の自分を書いて、埋めてもらった学生さんたちです！」

「えっ、二十年後の自分ってまだ全員子供――あぁ、魔族なら二十年後でもだいたい子供なのか！」

無意識のうちに人間基準で、二十年後だともう大人だと思っていた。

ていうか、タイムカプセルって大人になって掘り返すから意味があるのでは……？　でも、小四の時に小六ではこうなりたいという目標を作ることは変ではないか。

それに、一気に人数が増えたことには違いない。

引率の先生が、生徒たちに話をしている。

「皆さんのために祈ってくれている修行僧の方です！　しっかり見つけましょう！」「はーい！」

子供たちは私たちとは少し離れたところでスコップを動かしはじめる。

「よーし、私もお昼ごはんの前にラストスパートといくか！」

私は再び気合を入れて土を掘る。

「さあ、どこだ、どこだ！　修行僧はどこだー！」

私が掘っている場所は全然、的外れかもしれない。

ていうか、確率からいけば、的外れであることのほうが圧倒的に多い。

だが、無駄ではないのだ。

私が掘ったことによって、捜索範囲は狭《せば》まる。つまり、確実にゴールに近づく。

そう考えたら、体もさっきより動いてくれる気がする。

助っ人たちも、まだ子供ぐらいといってもそこは魔族。なかなかしっかり、土を掻《か》き出《だ》していく。

人間の大人たち程度の活躍はしてくれている。

掘り出すものは小さなタイムカプセルじゃなくて、人が生活できるサイズの箱だ。これだけの人数でやれば、必ず見つけられるはず！


お昼ごはん前のスパートから十分ほどが過ぎた時のこと——

ライカが掘り進めているところで、これまでにない変化が起きた。

どんどん外に掻き出されていた土が、突然出なくなった。

つまり、ライカが休んでいるか、少なくとも掘るのを止《や》めたということらしい。

ついに箱を発見できた？　だけど、なんらかの発見があったのなら、そんな声が聞こえてくるに決まっている。みんなを集めたり、呼ぶような声はない。

どうしても気になって、私は自分の穴から出て、ライカのほうへと向かった。まさか、ライカに限って、バテて倒れてるってことはないと思うけど。

ライカは壁面に頬《ほお》を当てるような姿勢で、じっとしていた。

この目で確かめても、まだ何をしてるかわからない行動だ。

「何をしてるの？　土が語りかけてくるのを聞くみたいな、匠《たくみ》にしかわからないような行動……？」

「アズサ様、申し訳ないですが、話しかけるのは少しだけお待ちください」

ライカは真剣な顔をしている。何か意図があるのだろう。

そして、再び、ライカは掘り出した。

自分が掘っていた穴の壁面を真横に。

これまでの穴掘りが縦方向だとしたら、完全に横方向にシフトしたのだ。

そういえば、ライカの穴は箱の上部が埋まっている高さよりはるかに深い。だとしたら、横に掘ることにも意味がある！

そして、その切り替えはすぐに成果が出た。

ライカのスコップから、バゴッという鈍い音がした。土以外の何かにスコップの先が当たったのだ。

私が立っているところからも、その様子が見えた。

地面に埋まっている箱の一部が出るのが！

「僧侶の皆さん、これじゃないでしょうか？　ご確認をお願いします！」

ライカの声で、すぐに僧侶たちがやってくる。

そして、僧侶たちは「これで間違いありません」と例の箱であることを認めた。

もっとも、外から確かめる意味もほとんどなかった。

「出してくれー！　ここだ、ここだー！」

箱の中から野太い声が聞こえてくるのだ。

修行僧の無事もこれでわかった。

「ライカ、さっき、耳を土に当ててたのは、この声を聞くためだったんだね」

「そういうことです。これだけ人が集まって、しかも穴を掘っているのです。箱の内部の方も救出作業が行われているのではと気づいて、何かヒントを送ろうとしてくるのではないか――そう考えたのですが、上手《うま》くいきましたね」

場所が特定できれば、そこからは早い。

箱の上の土がすべて取り除かれ、出入り口が開けられた。

中からアンデッドの男の僧侶が手を合わせながら出てきた。アンデッドだからなのか、ヒゲが長くなっていたりはしない。

「皆々様に幸いあれ。丸二十年が過ぎても救出されないので、少し怖くなった日もありましたが、拙僧は信じておりましたぞ」

地上にいた僧侶たちが「あっ、ヤバ……」という顔をしていた気がするけど、おおむね救出は上手くいったと思う。ダスキさんは「見て見ぬふりしなくてよかった……」と小声で言っていた。

地上の僧侶たちが気まずそうな顔をしているうちに、ポンデリが埋まっていた僧侶に「土の中ってどんな感じだったんですか？」と尋ねた。

「たまにイベントを上でやっておったように感じるのう。震動が多い時があった。『これ、目印が破壊されたりしてない……？』とびくびくしておったわ。まだまだ疑う心が湧《わ》き出てくるのう。まったく、弱い心を捨て去ることができん。修行もまだまだだよ」

地上の僧侶たちがさらに青い顔になった。

きっちり、目印がなくなってたんだよな……。

第一発見者（そういう表現があってるかわからないけど）のライカはとくに地上の僧侶たちから感謝されていた。

「いやあ、見つからなかったらどうしようかと思いました。あなたのおかげです！」「せっかくですから、御祈禱《ごきとう》をさせてください！」

「いえいえ……。一帯を掘れば必ず発見できたものですし……我だけを讃《たた》えなくてもけっこうですよ……」

褒《ほ》められるのが得意ではないライカは困惑しているけど、十分に讃えられるべきことをライカはやったよ。

私は後ろからライカの背中をぽんぽん叩いた。

「穴掘りまでしっかり覚えようとした結果が活《い》きたんだよ。無駄になるものは何もないっていうライカの考えの勝利だよ」

「アズサ様、うれしいのですが……少し褒めすぎです……。アズサ様だって我の立場なら、参加した全員の勝利だなどと言ったはずですよ」

ライカは顔を赤くしているが、せっかくだから褒めまくってあげよう。

「全員の勝利ということなら、フラットルテ様も負けじゃないのだ！」

フラットルテが都合のいいことを言っている。もちろん、フラットルテがたくさん掘ってくれたことで、ライカが掘る範囲も狭まったのだから、意味はあるけどね。

そんなライカから、「ぐうぅ～」という大きなおなかの音が鳴った。

おかげで、ライカの顔は完全に真《ま》っ赤《か》になった。

「お弁当はたくさんあるし、どんどん食べちゃってね♪」

「わ、わかりました！　い、今なら二十人前はいけるかと！」

私が想像していた数より、倍は食べるということらしい……。


ミッションをクリアしたあとのランチは昼からの仕事を考えなくていいから、実に楽しい。

少しお酒を飲みたいぐらいだけど、ランチの時点で発見できるなんてわからなかったので、アルコールの用意はない。

ファルファとシャルシャは魔族の学生のところに行って、一緒にごはんを食べている。ベルゼブブはお弁当を一緒に食べられずに少し残念そうだったが、そこは娘が誰と食べたいかを優先させてもらう。

「学校ではどんなことを習ってるの～？」

「地理や歴史はどういったことを学んでいるか、シャルシャに教えてほしい」

会話内容が少し聞こえてくるけど、見事に勉強に関することだな。魔族のほうでも人間の土地でも流行《はや》っているゲームなんかがあるわけじゃないからそうなるか。

私はライカ、ハルカラというごはんを食べる家族と、それとベルゼブブと固まって食べている。あと、人見知りなところのあるサンドラはファルファたちのところには行かずに私たちのそばに残っている。

「このお弁当、肉ばっかり入ってるな。まさに肉体労働用のお弁当って感じだ」

「エルフとしては、もうちょっと野菜を入れてほしい気もしますが、これはこれでアリです」

ハルカラもそれなりにおいしく食べている。

ライカはもう聞くまでもない。というか、おいしいかどうかよりも、どれだけ食べておなかいっぱいになるかに目的が移っている。それぐらい、黙々《もくもく》と食べている。

「ところで、お師匠様、フラットルテさんはなんでお弁当を食べずに働いてるんですか?」

ハルカラに聞かれたけど、私が聞きたいぐらいだ。

フラットルテはなぜか穴を掘り続けていた。

「多分だけど、せめて深く穴を掘ることで、ライカに勝った気になりたいんじゃないかな……」

穴の深さで勝負をするなんて誰も言ってないし、フラットルテもそんなことは百も承知のはずだ。

それでも、体を動かさずにはいられないんだろう。

「疲れてるのに無理をしているのとも違うし、やりたいようにやらせようかな」

さっきは自分も勝ったと言っていたけど、フラットルテの中でも、やっぱりライカに穴掘りでかなわなかったという自覚はあるようだ。

穴掘りに負けて本気で悔しがれるのも一つの才能だ。

だが、そんなフラットルテから意外な声が飛んできた。

「箱だ！　箱を見つけたのだー！」

いや、箱はもう見つけたし……。修行僧も出てきてるし……。自分もライカと同じように箱を見つけたから互角だなどと言い出すつもりかな。

だが、確認すればすぐにわかるウソをつくというのも変ではある。

半信半疑ながら、フラットルテのやけに深い穴のほうに行った。


たしかに、箱らしきものが埋まっていた。


「えらいこっちゃー！　ミスドナ教の人、大至急来てください！」

ミスドナ教の人たちは私以上にあわてた顔で、こっちにやってきた。

その箱の開閉口は固くなっていたが、フラットルテの怪力ならあっさりと開いた。

そして、その開閉口からまず出てきたのはキツネの耳だった。

ただ、出てきたのはキツネの顔じゃなくて、女性の顔だ。どうやら、キツネ耳の獣人のアンデッドらしい。

服装はダスキさんたちや、先ほど救出された修行僧とほぼ同じだった。

こういう修行僧の格好は時代によってあまり変化がないので、いつの時代の人かわからない。箱の傷《いた》み方だけ見ると、さっき救出されたケースよりずっと古い気がするけど。

「おぉ……まさか、掘り返されるとは思いませんでした……。これこそ、天の配剤《はいざい》」

キツネ獣人の女性修行僧は足はもたついていたが、意識ははっきりしているようだった。そのあたり、アンデッドは丈夫だと思う。

「ところで、魔王アスデーン様の御代《みよ》はたびたび戦乱があり、苦しむ人々が絶《た》えなかったものですが、今は平和になっておりますかな？」

そんなことをその修行僧は言った。

「ねえ、ベルゼブブ、魔王アスデーンって誰？　ペコラの親だったりする？」

魔族の歴史まで詳しく勉強してないので、手っ取り早くベルゼブブに質問する。

「とんでもなく、昔の魔王様の名前じゃ……」

呆然《ぼうぜん》とした顔でベルゼブブが言った。

「六千年だか七千年だか前の魔王様の名前じゃな……」

だとすると、とんでもなく長い間、その修行僧は箱に入ってじっとしていたことになる。むしろ、よく箱のほうも残っていたものだ。

ミスドナ教の人たちの話によると――

この修行僧が土の中に入った五年後に戦乱で教会が焼けて、ミスドナ教の拠点もヴァンゼルド城下町から離れたところに移ったとか。

そして千年以上の時が過ぎて、今の土地に教会を建てて、戻ってきたということらしい。

魔族が長命とはいえ千年も離れていれば、どこで誰が土の下で修行をしているかなんてこともわからなくなっていただろう。

それと、貴重なのはその修行僧だけではなかった。

「箱の中に散逸《さんいつ》したと言われている激レア経典が！」「国宝クラスの法具もいくつも！」「これは世紀の大発見！」

さっき掘り出されたばかりの修行僧までテンションを上げて、「奇跡が起きた！」と言っていた。

もう、二十年ぶりに出てきたどころではないらしい。

私はその様子を見ながら、こう思った。

正真正銘のタイムカプセルが埋まってたんだな……。

そこにダスキさんがやってきた。

「何もかもアズサさんたちのおかげです！　ほかにも誰か埋まったままになっているかもしれませんし、この付近は徹底的に掘り起こそうかと思います！」

「ああ、そうですね……。そのほうが無難かもしれませんね……。第二、第三の忘れられている修行僧がいてもまずいですから……」

「ですね、第二、第三の古い経典や宝物が出てくるかもしれませんし！」

目的が埋蔵金を発掘する人と同じになってるぞ！

そこに、やけに鼻息荒くハルカラがやってきた。

「アズサ様、高原の家のあたりも掘りましょう！　すごいものが出てくるかもしれませんよ！」

「いや……すごいものが、すごく恐ろしいものである危険もあるから、ちょっと遠慮したいかな……」

タイムカプセル的なものを埋める人、埋めるのはいいけど、責任をもって掘り返しましょう。

ヴァーニアが大会に出た

She continued destroy slime for 300 years

　無事に修行僧の入ったタイムカプセルも掘り起こされて一件落着したわけだけど、そのおかげで周囲のことに目を配《くば》る余裕もできた。

　私はポンデリと雑談中のベルゼブブに声をかけた。

「そういえば、ベルゼブブは来てるけど、ファートラとヴァーニアは来なかったんだね」

「まあまあ大きな仕事だったたし、あの二人もついてくると思ったんだけどな。なにせ、リヴァイアサン姉妹《しまい》はベルゼブブの直属の部下なのだ。

「ああ、あやつら――というか、ヴァーニアのほうがちょうど忙《いそが》しい時期でのう」

「そっか。やっぱり官僚はお仕事も大変だよね」

　今頃《いまごろ》、農務省の建物でひいこら書類とにらめっこしたり、難しい顔で会議に出たりしているのだろう。

「……いや、ファートラは仕事をしておるが、ヴァーニアは有休をとって、出かけておる」

「休んでるだけか！」

　少なくとも働いているから忙しいわけではないようだ。

「ただな、あやつの場合、そういう時のほうが活動的というか……今日も岩塩を採取するために休んだはずじゃ」

「何一つ、状況が見えてこない……」

岩塩採取のためなんて理由で有休を使う人、初めて聞いた。

「私にはよくわからないけど、そんなの、一般の休日に行けばいいのでは……。有休は旅行とかに使えばいいのに……」

「それがのう、時間が差し迫っておったのじゃ。むしろ、余裕を持って入手しとけと思うのじゃが……」

「塩って生活必需品だから、売ってそうなものだけど」

「わらわは店で買えばよかろうと言うたのじゃが、店の品質では満足できんらしい」

高品質の岩塩を急いで入手しないといけない事情って何だ？

聞けば聞くほどわからなくなってくるな。

その時、ワイヴァーンがこちらに飛来してきた。

ワイヴァーンから降りてきたのはヴァーニアだ。リヴァイアサンは自分で飛ぶとそこまで移動速度が出ないのと、小回りが利《き》かないのとで、よくワイヴァーンを使う。

噂《うわさ》をすればなんとやらで、ちょうどやってきた。

「うわ～ん！　上司、どうしましょう！　どうしましょう！」

ヴァーニアはすぐにベルゼブブのほうに走っていったが――ベルゼブブのほうも走り出した。

つまり、ヴァーニアから逃げた。

「ええっ！　なんで逃げるんですか！」

「どうせ、仕事ではない問題じゃろうが！　それじゃったら、わらわが聞く義理は何もないのじゃ！」

で、ベルゼブブはなぜか私を指差した。


「そこに暇《ひま》な奴《やつ》がおるから、あやつに頼め！」

「なんか、押しつけられてる！」


困る、困る！　何もわからない問題の手助けなんてできないぞ。

だが、ヴァーニアは救われたという顔になっている。

早い、早い！　まだ救うとは一言も言ってないから！

「アズサさん、実はかくかくしかじかでして～！」

「本当に『かくかくしかじか』って言っても伝わらない！」

「実はですね、食の王決定戦に出場することになりまして」

「ええと……その食の王決定戦っていうのは、料理イベントみたいなものなの？」

どうも、料理対決をするような気がする。実際、ヴァーニアはこくこくうなずいた。

「ご明察《めいさつ》です！　食の王決定戦には在野の料理人が出場できるのですが、幸運にもそれに選ばれまして」

「すごいじゃん！　選ばれた時点でとんでもない料理人って認められたようなものだよ！」

「いや～、それほどでもありますかね。へっへっへっへ～」

ヴァーニアは頭をかきながらにへらにへら笑っている。表情がゆるむだけのことはある快挙だ。

「そやつはな、過去に農務省の庁舎の食堂を改革したことがあってのう。それが企画担当者の目に留まったようじゃ」

ベルゼブブがヴァーニアが選ばれた理由を話してくれた。ヴァーニアもそんな大きなプロジェクトを主導したことがあるのか。いいかげんなようでも、しっかり働いてるんだな。

「じゃあ、快挙じゃん！　本番はしっかりやりなよ」

「はい、勝負の前に料理のキモになる岩塩も入手できました。幻の岩塩と言われてる貴重な食材ですが、天がわたしに味方してくれてるのか、奇跡的に発見することができました！　これで準備は整った――と思ったんですが……」

ヴァーニアの顔色が変わった。明らかに青くなっている。

そういや、何か問題が発生してたらしいんだった。

「岩塩を破壊して粉状にしなければならないんですが……硬すぎて全然壊せません……」

独特の悩みだな……。

「料理対決は制限時間も決まっています。対決中にそこに時間をかけるわけにもいきません。事前に割ろうと試してみたのですが、岩塩の防御力に阻《はば》まれています」

そこまで硬いものなのか。

それでも、料理に使うぐらい、どうとでもなりそうだけどな。

そこでヴァーニアは私の手をぎゅっとつかんだ。

「アズサさん、食の王決定戦の岩塩破壊アシスタントをやっていただけませんか？」

すごくニッチな助っ人！

「え……。そりゃ、調理の手伝いよりはできそうだけど……」

「やったー！　よかったー！　ありがとうございます！」

喜ぶのが早い。ヴァーニアは本当に調子がいいな。

「最後まで話は聞いてよ。岩塩のかたまりを破壊すればいいんでしょ？　そんなの、事前に破壊しておけばいいだけの話じゃん。私がアシスタントとして出場する必要はないよね」

料理対決自体への参加は極力避けたい。責任が重くなる。

やることはだいたいわかる。岩塩のかたまりにパンチでも繰り返して砕いて、それをまた打ちつけたり、削ったりして、粉にしろってことだろう。

「まだ数日魔族の土地に滞在してるし、明日にでもヴァーニアの家に行って、やればいいでしょ」

「いえ、それでは間に合わないんです！」

話が嚙《か》み合《あ》ってないな。事前にやろうとすると間に合わないってどういうことだ？

「食の王決定戦は今日の夜にスタートするからです！」

「すでに差し迫っていた！」

あれれ。何かおかしいぞ。

「ヴァーニア、今日、岩塩を採取してきたんだよね。当日に確保したわけ……？　もっと前から用意しておきなよ！」

想像以上にテキトーにやっているのでは……。

ベルゼブブがあきれた顔をしていた。

「そやつはいつもそんな感じなのじゃ。書類提出の締め切りを伝えると、締め切り当日にようやく持ってくる」

そういう人はどこの世界にでもいるんだよな。待つほうは気が気じゃないので、もうちょっと早く提出してほしい。

「いやあ、気づいたらもう当日になってましてね～。あわてて有休取って、塩を見つけに行ったたってわけですよ。ははは～」

「その程度のモチベーションだったら私も出なくてもいいんじゃない？」

夏休みの宿題ぐらい、雑に取り組んでるわけだし。

「そこをなんとか！　アズサさんの暴力が必要なんです！」

「表現が悪いわ！　せめて、怪力にしろ！」

するとヴァーニアはすっと素の顔に戻った。

何を考えているかわからないので、少し気味が悪い。

そして、ヴァーニアは私の娘たちのところに行った。

「みんな、食の王決定戦に出るママを見たくないですか～？」

娘を利用しようとしている！　卑怯《ひきょう》な！

「ファルファはママの活躍、見てみたい！」

「百聞は一見にしかず。シャルシャは見学できるならしてみたい」

ファルファもシャルシャも観覧希望のようだ。

一気に断るのが難しい状況になってしまった。

というか、協力を拒みつつ、イベントのほうはみんなで見に行きますというのはやりづらい。それは私も罪の意識を感じてしまう。

「わかったよ。やればいいんでしょ」

岩を破壊するようなことならいいかということで参加を了承しました。

「やっぱりアズサさんは最高です！」

ヴァーニアの褒《ほ》め方はすごく雑だった。

◇

私は夕方にヴァンゼルド城下町にある、小型のコロシアムみたいなドーム型施設に入った。

たしかに数万人や何千人が入るような規模の場所だけだと小回りが利《き》かないので、そこまでの規模じゃないイベントのための施設も必要だろう。

会場はすでにおおかたのセッティングが終わっているようだ。審査員席らしき大きなテーブルと椅子《いす》も設置されている。

そして、料理をする側には食材もいろいろ運び込まれている。野菜やら、何の獣《けもの》の肉かわからない肉やらが置かれている。

その中に岩にしか見えないものも台車に乗って運ばれてくる。

魔族だって岩をバリボリ食べたりはしないので、きっと岩塩だ。ほんのりと赤味を帯びていて、宝石の一種だと言われても信じてしまいそうだった。

「たしかに、これを粉々にするのは面倒かもね」

私は調理道具をチェック中のヴァーニアに言った。

「そうなんですよ。それに、イベントではあるので、事前に粉の塩を用意するより、その場で粉にしたほうがいいので」

「生々しい話だけど、そんな側面もあるよね」

岩のかたまりが置いてあるほうが見た目のインパクトはある。料理対決には観客を楽しませるショーの要素も必要だ。

ちなみに、まだ観客席に人は入ってない。このあと、開場ということになって、どんどん人で埋まることになるはずだ。私の家族たちもその時にやってくる。

「ちなみに対戦相手は誰《だれ》なの？　全然聞いてないままだったや」

これは料理対決なわけだから、敵が存在する。

「対戦相手は『発酵の暴君』の二つ名を持つ発酵料理のスペシャリスト、ウーティラさんです。発酵料理の権威ですね」

「プロの料理人と勝負するってわけか」

ちょうど、相手の調理スペースのほうに、やけに重そうな壺《つぼ》が運ばれてきた。発酵食品が入ってるんだろう。

ヴァーニアがわざとらしく鼻をつまんだ。

「すでに独特の匂《にお》いがしていますね……」

「だねえ。おそらく私は食べたこともない発酵食品だから、匂いも慣れないや」

発酵食品は子供の時から慣れてるかどうかで、反応が変わりがちだ。前世でも納豆やぬか漬けは全然平気だったけど、大人になって初めて目の前に出されたら、ノーサンキューという反応になっただろう。

「しかし、ああいう食材の中には、使うと一気に味に奥行きが出るものもありますからね。侮《あなど》れません。ただ臭いだけではないんです」

思ったよりも本格的な勝負になりそうだ。相手はヴァーニアより明らかに格上。ヴァーニアは完全に挑戦者というポジションらしい。だからこそ、ヴァーニアは全力を尽くして戦えるとも言える。

岩を砕くだけの役目とはいえ、どうせなら勝ちたいな。

「岩塩の下には布が敷いてありますから、試合がはじまったら、アズサさんは好きなだけ粉々にしてください。ハンマーも各種揃《そろ》えてますので、それで小さいかたまりが取れたら、床にでも打ちつけてもらえれば。それでも砕きづらいなら、石臼《いしうす》も用意しています」

意図はわかる。食材だからな。岩を小石の集まりにしたのでは意味がない。粉の形にまでしなければ。

と、そこに恰幅《かっぷく》のよいサイ男がやってきた。まさに二足歩行するサイ。

木の幹みたいに太い腕で腕組みをしながら、私たちとは違うほうの調理台や並んでいる食材を見つめている。

「完璧《かんぺき》だ。発酵の奥深さを伝えるには十分だな」

サイ男は厳しい顔で食材などを眺めていた。

あれが対戦相手の「発酵の暴君」のようだ。

すでにこの場に緊張感が漂っている。

すると、サイ男がヴァーニアのほうにやってきた。これは「お前ごときでは私にはかなうまい」みたいなことを言われる流れだろうか……。

「どうもどうも～、本日対戦させていただくウーティラです～。よろしくお願いします～」

「あっ、こちらこそ～。わたし、ヴァーニアです。本職は農務省なんですよ～」

無茶苦茶《むちゃくちゃ》、大人の対応！

「農務省ってことは食にもお詳しいんですね～」

「いや～、庁舎の食堂再生を一度やったことがあるんですけど、それで白羽の矢が立ってしまったってことだと思いますよ。悔いなくしっかりやりますね」

「試合中はどうしても尊大なキャラになっちゃうと思いますが、ＴＰＯということでご容赦《ようしゃ》ください」

「いえいえ、気になさらないでくださいー。わたしもウーティラさんの料理、楽しみにしてます！」

緊張感、見事になくなった！

「これ、うちのお店でご提示いただくとデザートが無料になるクーポンです。よかったら使ってください～」

「ありがとうございます！　ぜひ伺います！」

話が終わってヴァーニアが私のほうにやってきた。

「接しやすい、いい人でよかったですよ」

「そうだね。楽しい気分でやれそうなら、なによりかな……」

開場の時間になって、観客がぞろぞろ入ってくる。

私の家族には関係者用のよく見える席が用意されていた。

ファルファがぶんぶん手を振ってくれている。シャルシャは控えめに。そしてサンドラは手を胸の高さぐらいまで挙げただけ。このあたりの反応の違いもいつもどおりだ。

「アズサさん、見てくださいよ。お客さんが入場したら、ウーティラさん、胸を張って歩いてますよ」

たしかに、やけに偉そうな雰囲気を出してサイ男の料理人は歩いていた。

「雰囲気作りって大事なんだな。変に業界の裏を見てしまった……」

そこからは時間の経《た》つのも早くて、すぐに勝負の時間になった。

まず司会者が本日戦う料理人二人の説明を行う。

まずウーティラという料理人のことが大々的に紹介される。発酵食品の料理と言えばこの人という感じで、魔族の土地での知名度は相当なものらしい。

ヴァーニアも一人でボロボロの食堂を立て直した再生仕掛人などと紹介されていた。

おおげさだなと思うけど、おそらく前世のテレビとかもこんな感じで、すべて知ってる人からしたらおおげさに感じる面が多かったんだろう。

そして、試合開始を告げるドラが鳴らされた。

グオォ〜ンという音が会場全体に響く。

「それでは、アズサさんは岩塩を割ってください！　よろしくお願いします！」

「わかった。できるだけ早く、たくさん作っておくよ」

ヴァーニアに頼まれて、すぐに私は岩塩のところに向かう。

手ごろなサイズのハンマーを握って、それで刃のついた器具を打ち込んでいく。

すると、ちゃんと岩塩が削り取れていく。

ただ、想像していたのよりも、はるかに硬い感覚があった。

私で硬いと感じるなら、平均的な魔族なら苦戦するかもしれない。

ヴァーニアは平均的な魔族よりだいぶ強いと思うけど、それでも時間は食うだろう。

こんなことに時間を割くのも空《むな》しいから、助っ人がほしいというのはわかるかな。

私は黙々《もくもく》と岩塩を削る。坑道を掘り進めてるような気持ちになってくる。

落ちた小さいかたまりをほかのかたまりにぶつけたりして、小さくする。

地味な作業ではあるけど、調理を手伝うよりはずっとマシだな。

それと、作業をしながらヴァーニアの調理風景を眺めることもできそうだ。

さて、ヴァーニアはどんな料理を作るんだろう。そういう話を全然聞いてなかったんだよね……。

ヴァーニアは刃物で野菜などの食材を切っている。まずは食材を揃えるらしい。

目についたのは青々とした葉物野菜だ。

あとは豚肉や鶏肉らしきもの、それとナッツもやたらと用意されている。

とくに目新しい食材はないようだ。見た目のインパクトがあるのは、せいぜいこの岩塩ぐらいのものだろうか。

ヴァーニアの用意しているものは、総じて地味だ。

これで「発酵の暴君」と言われてる相手に勝てるんだろうか？　料理は味が最も重要とはいえ、視覚効果も印象に大きな影響を与えるはず。まして相手はプロだから、地味なまま勝つのは難しそうだ。

あるいは、最初からいい試合ができればそれでいいというスタンスで臨んでいる？

いや、ヴァーニアはこういうところはガチで挑もうとすると思う。もし料理を派手にすることで勝機が出てくるなら、迷わずそれを選ぶ。

だとしたら、地味でも勝てる秘訣《ひけつ》があるのか？

※やたらと長く脳内で語ってますが、ずっと塩を砕く作業は続けています。

しばらくすると、ヴァーニアがこっちにやってきた。

「アズサさん、塩の調子はどうですか？　おっ、かなりできてますね！」

「そりゃ、こつこつ塩を砕くことだけやってれば粉にもなるよ」

ヴァーニアは手際よく、その粉状になった塩を集めて、小皿に入れた。それから少しつまんで舌の上にぱらぱらふりかけた。

「うん！　とってもいい塩です！　こんなものが自然にあるのが信じられないぐらいですね！」

「塩としては本当にいいものなんだね」

料理の得意なヴァーニアをうならすのだから、相当のものだ。

「わたしの料理には、この塩がどうしても必要なんです。逆に言えば、これがあればどうとでもなります。じゃあ、いきますか！」

ヴァーニアは大きな鉄鍋《てつなべ》に火をかけた。

ただ、それは料理の火とは思えないほどの火力で、私のところまで熱気が届いてくるほどだった。

高原の家でやったら、壁に燃え移って火事になる……。

だが、ヴァーニアは気にせず、豚肉を鉄鍋に投入した。

――と思ったら、すぐに鉄鍋から出しちゃった。どういう意図だ？

今度はニンジン、タマネギ、よくわからないキノコを投入。

でも、これもやっぱりすぐに鉄鍋から出す。

何をしてるのかと思ったら、あの鍋には大量の油が入っていたらしい。鍋から油を捨てていた。

大幅に減った油でまたさっきの食材が投入される。

そこに岩塩を含む各種調味料が加えられる。

最後に、小さな森のようになっていた葉物野菜がどんどん放り込まれる。

そこでさらに火勢が上がる。もはや料理という火炎魔法！

けれど、違う鍋で作っていた卵を投下すると、その火はすぐ消された。

なんだか、調理というより炎を見せつける作業みたいだった。

だが、今度はちゃんとした盛り付け用のお皿に食材が移し替えられる。もう完成なのか。調理時間はかなり短かった気がするけど……。

そのお皿をヴァーニアはこちらに持ってきた。

お

「アズサさん、ご試食をお願いします。そのうえで、アズサさんの反応を見て、味を調節します」

「たしかに味のチェックは大切だね。責任重大だ……」

私はそこで初めてしっかりお皿の中を覗《のぞ》き込んだ。

見た感じは、いわゆる野菜炒めだと思う。

ただ、タマネギやニンジンの主張は弱くて、何かの野菜の葉っぱが目立つ。

量も多いけど、量が多くて目立つというのとは、また違う。

「この葉っぱの緑色、鮮《あざ》やかすぎる……。元気もいいな。いまだに土から栄養を得てるみたいというか……」

葉物野菜はてかてかと光っている。それは油のせいなんだろうが、野菜炒めのはずなのにまったく、くたくたになっていない。

まるで火を浴びて再生したフェニックスのよう！

「見た目は問題なさそうですね。では、アズサさん、一口お願いします」

私は早速、口に入れてみた。


「うまっ！　菜っ葉がとてつもなく美味っ！」


思わず叫《さけ》んでしまった。

この場にごはんがないのがもったいないほどに、白米《はくまい》がほしくなる味！

「かなり油っこいし、塩辛《しおから》いはずなのに、それが嫌にならない。むしろ、ほんのり甘みが出てくるぐらいだ……。こんなに葉物野菜が主役になることなんてあるんだ。ほんとに肉や卵に負けてない」

これなら、ファルファやシャルシャもばくばく食べてくれるだろう。

「はい、コミント菜と肉と卵の炒めものですから、まさに主役はコミント菜です」

「ヴァーニア、マジで菜っ葉で勝負する気なんだ……。でも、この料理はそういうものかも。肉も卵もおいしいけど、コミント菜って野菜だけになって飽きないようなクッションの役目なんだよね。とくに卵の優しい甘味がいいアクセントになってる」

「どうやら、このままいけそうですね」

納得したようにヴァーニアはうなずいていた。

ヴァーニアがやったことは見ていた限り、かなりシンプルだった。

大量の油にまず食材を突っ込んでいたけど、やったのはそれぐらいだ。調味料も見たこともないスパイスをいくつも使うなんてことはなかった。

それなのにここまでおいしく思える味にできるなんて、もはや魔法と言ってもいい。

この味は一朝一夕《いっちょういっせき》では出せないよなあ……。数百年単位で料理に情熱を注《そそ》いできたから出せる味というか……。

「発酵の暴君」ウーティラはにやりと笑っていた。

「敵ながら見事よ。塩味を強めにしてパンチ力をつけつつ、飽きの来ないマイルドさを出すために貴重な最高級の紅岩塩を使ったか」

おお！　料理漫画でありそうな展開！

「あの苛烈《かれつ》すぎる炎は調理時間を短くして、葉の緑色を生かすための工夫というわけだな」

「そういうことです。見た目もこの料理の持ち味ですからね。この料理でコミント菜が青々と輝いてなかったら、見た目で誇る場所がなくなってしまいますから」

ヴァーニアも意気盛んな挑戦者という態度で返す。

これはかなりいい勝負ができそうだ。

観客も盛り上がっている。司会者も私が感じたことをさらにおおげさにするようなことを言っていた。

「それでは私も発酵食品の妙味《みょうみ》を見せてやらねばならんな」

おっ、ついに「発酵の暴君」も動き出すらしい。

「いいかね、食べ物というのは腐《くさ》りかけが一番美味いのだ。それを証明してみせよう」

ウーティラはすでにぐつぐつ鍋で何か煮込んでいた。

「ここに入っているのは、何の変哲もない鳥のスープだ。だが、ここに発酵調味料の『魚の怨念』を入れたらどうなるかな？」

名前が不気味《ぶきみ》だが、多分ナンプラーやニョクマムみたいな魚醬《ぎょしょう》だと思う。

魚醬はクセが強いから好き嫌いは分かれそうだけど、「発酵の暴君」と言われてるぐらいだから、誰が食べてもおいしいと思えるものにできる自信があるのだろう。

「私が長年、漬け込んだ『魚の怨念』の威力を見るがいい。残念だが、その味の深みは挑戦者の調理技術をはるかに凌駕《りょうが》するだろう！」

ウーティラが壺のふたを開けた。

独特の異臭が一気に拡散する。

強烈な匂いだけど、だいたい発酵食品は変な匂いがするものだ。

「これが『魚の怨念』だーっ！」

遠目にも、真っ黒なタール状の液体が壺に入ってるのが見えた。

「おや、匂いがおかしいな……。刺激臭の成分が多い……。げっ、腐っているではないか！」


ただの腐臭かよっ！


「ぬかった……腐りかけの極上のを持ってくるつもりが腐ってしまっていた……」

そこは確認しておいてよ！

当日に岩塩を入手したヴァーニアもそうだけど、余裕のある準備をしてほしい……。

しばらく、ウーティラは呆然《ぼうぜん》としていた。

それはそうか。計画が根本から崩れちゃってるもんね。

「ええと………『魚の怨念』が入ってなくても、このスープはこれだけでも鶏肉の旨味《うまみ》が十分にしみ出ていて……」

「もう遅いよ！　さっき、何の変哲もないスープって言っちゃってるし！」

これはまさかの、ヴァーニアの事実上の不戦勝になるのでは。

真剣勝負で勝ったと言っていいか怪しいので喜ぶべきかはわからないけど。

「油断するには早いです。相手は『発酵の暴君』と言われた人物。別の発酵調味料や漬物やらチーズやらを出してくる可能性もあります」

ヴァーニアはまだ気を抜いていない。

そりゃ、向こうもプロだから、挽回《ばんかい》する手段ぐらい、いくらでも持っているか。

「あぁ……うあぁ……もうダメだ……」

ウーティラが頭を抱えていた。

もう、絶対にこっちの勝ちだ！

「よかったね、ヴァーニア、もう審査員の人数分、さっきの野菜炒めを作ったら勝ちだよ」

ヴァーニアも今度こそ喜ぶだろうと思っていたが、まだテンションは落ち着いていた。本当に料理の時は真剣なんだよね。

「おそらく、料理の評価はわたしのほうが上ということになるでしょうね」

その割にヴァーニアがうれしそうじゃないのは、不本意な試合だからなんだろうか？

「けれど、食の王決定戦は料理人が勝ち負けを競うものではないですので」

「へっ？　勝ち負けがない？　だって、食の王決定戦ってイベント名なんでしょ？　本当の王様じゃないにしても王様を決める対決じゃないの？」

なんか、禅《ぜん》問答でも仕掛けられたみたいだ。

「それとも、おいしい料理を作ることに勝ちも負けもないって言いたいの？　だとしたら、かっこいい台詞《せりふ》だよね」

「あ〜、王は決めますよ。さて、じゃあ、先に挑戦者に提供することとしますか」

挑戦者？

スタッフの人が皿に盛られた野菜炒めをどんどん持っていく。これは審査員に出すんじゃないのか？　さっきから、話が微妙に嚙み合ってない。

すると、司会の人がこんなことを言った。

「さあ、一品目の登場です！　コミント菜と肉と卵の炒めもの！　最初に五皿食べられるのはどの挑戦者でしょうか！」


「食の王って大食い王者のことかいっ！」


座って料理が出てくるのを待ってる人たちって味の審査をする人じゃなくて、大食いの挑戦者だったんだ……。

「いや、もちろん食の王決定戦に出られるだけでも料理人として名誉ですよ？　名誉ですが、こちらに勝ち負けはないです。わたしがたくさん食べるわけじゃないですし」

「そりゃそうだ。うん、もう謎《なぞ》は解《と》けたから大丈夫だよ……」

ヴァーニアは次に出す料理の準備をしていた。バッファローステーキらしい。たしかに野菜炒めだけなら大食い対決に参加する人は何皿でも食べそうだもんな……。

大食い対決のほうは結局、参加者の中で一番ほっそりしている魔族が優勝した。

ああいう人は胃の形が特殊なので、おなかにたまらずにどんどん食べられるのだろう。

ちなみに発酵調味料が腐っていてショックを受けていたウーティラも、あのあとショックから立ち直っていろんなチーズを使ったドリアとか無難においしそうな料理をいくつか出していた。

一番の自信作が食材の腐敗で提供できなくなったとしても、それなりの料理は出したわけで、そこは腐ってもプロということだろう。まさに腐ってしまってたので、なんか上手《うま》いこと言ったみたいになってしまった。

イベントが終わって観客がみんな出ていったあと、ヴァーニアは私の家族や見学に来ていたベルゼブブやペコラのために料理を作ってくれた。

なお、その分の岩塩も私が粉にしたので、ちゃんと働いたぞ。

言うまでもなく、野菜炒めはみんなからも絶賛された。

なにより、私がうれしかったのはファルファとシャルシャが争うように、葉物野菜がメインの野菜炒めを食べてくれたことだ。

「ファルファ、これ、本当においしいと思うよ！　ヴァーニアさん、おかわりしたい！」

「シャルシャも舌鼓《したつづみ》を打っている。肉も卵も入っているのに、むしろ葉っぱのほうを欲してしまう」

これまでもサンドラが野菜をおいしくしてくれたりしたおかげで、高原の家における野菜の味はよくなっていた。ファルファもシャルシャも野菜を食べるようにはなっていた。

でも、それは野菜が食べられるようになったということであって、野菜が大好きになったというのとは少し違うんだよね。

無論、それでも野菜が苦手《にがて》で避けてるのよりは大きな進歩だけど。

でも、この野菜炒めは野菜を好きにしてしまうだけのパワーがある！

野菜は食べられるがあくまでも肉のほうが好きというドラゴン二人も、大食い大会のほうに参加できるのではというペースで食べている。

「素晴《すば》らしい味付けですね。これはパンにはさんでもいける気がします」

ライカは食べながらヴァーニアに感想を述べている。

一方で、フラットルテに至っては何もしゃべらずにがつがつ口に運んでいる。これはこれで料理人冥利《みょうり》に尽きる振る舞いじゃないかな。

「いやあ、いい反応ですね。苦労して岩塩を見つけてきてよかったですよ～」

しみじみといった表情でヴァーニアはその様子を見つめている。ヴァーニアにとったら一つの大きな仕事が終わったことになる。

「だったら、もっと早くから準備しておけばよかったのよ。ピンチを作ってたのはあなたでしょ」

そこにぼやきながら、ファートラがやってきた。

ファートラはヴァーニアの手際の悪さをずっと横で見ていたんだろう。

「うっ……姉さんに言わると、反論不可能なので困ります……」

ヴァーニアはまた説教でもされるのではないかと、ちょっと引き気味だ。

だけど、ファートラはさっと、ヴァーニアの背後に回る。

そして、ヴァーニアの両肩に手を当てて、ぐいぐい押した。

これは……肩をもんでるのか。

「やっぱり、それなりに緊張してたのね。休日と思えないぐらい、こってるわよ」

「うっ！　痛い、痛い！　たしかにばきばきになってますね……。うあ、姉さん、力が強すぎますよ。でも、痛気持ちいいかも……いや、やっぱり痛い？」

まさに肩こりの人が示す反応だな。


「よくやったわね。おいしかったわよ」


ファートラが一言、ねぎらいの言葉をかける。

それでヴァーニアの表情もぱっと笑顔に変わった。

ファートラは妹がいいかげんなことも、そのひたむきな努力も、両方見ていたんだ。

そして、料理をする人を讃《たた》える言葉といえば、やっぱり――「おいしい」しかないな。

「いい仕事ができたようなら、なによりです」

ヴァーニアも晴れ晴れとした顔で言った。

料理人として、ヴァーニアは一歩成長したのかもな。

「じゃあ、わたしもそろそろ片付けて帰る用意をしないといけませんね～」

ヴァーニアが軽くなった腕をぐるぐる回して言った。そういえば、ここはイベント会場だし、そろそろ引き揚げなきゃ。

「そうね、大事な調理道具は忘れずに持って帰りなさい」

「姉さん、あと、これも忘れずに持って帰りますよ」

ヴァーニアがまだまだ巨大な岩塩を指差した。

「ほんとに、この塩は完璧でした。これからも長く使っていきたいです！」

ファートラの表情が露骨に曇った……。

「こんな岩、どこに置いておくの……？　庭に野ざらしにするならいいけど……」

「雨でぬれたらよくありません！　そこは室内に入れて大切に保管しないと！」

「家の中に岩を置いてどうするのよ！」

「姉さんだってコケを大量に置いてるから、文句《もんく》は言えませんって！」

私はそのやりとりを聞きながら、これは長くなるやつだと思った。

そして、実際に長くなったので、ベルゼブブが強制終了させた。

「庭でも室内でもよいから、一回持って帰れ！　議論は帰宅してからやるのじゃ！　もう、今日は帰るのじゃ！」

その時、ヴァーニアは何かひらめいたらしい。

「そしたら、ひとまず農務省の大臣室に置いておきましょう！　食も管轄する役所ですから、違和感もありませんし！」

「違和感しかないわー！　置いて帰ったら絶対に捨ててやるから覚悟せえよ！」

「上司、そこをなんとか～！」

ものの置き場所って難しい。

薄紅色の岩塩を見ながら、そう考えさせられました。

聖杯を造ってもらうことにした

She continued destroy slime for 300 years

ミミちゃんがいる（見た目としては置いてある）部屋に入ると、なぜか客人が勝手に来ていた。

神様のデキさんがミミちゃん（ふたは閉じてある）をじぃ～っと見つめていた。

なお、ミミちゃんに視線の高さを合わせようとしているのか、床に腹ばいになっている。この神様は偉ぶったりしないので、平気で腹ばいになったりする。

「あの、本当に、本当に何をしているんですかね？」

すべてにおいて何もわからないので、率直《そっちょく》に聞いてみた。

この神様は破天荒《はてんこう》すぎて何をやりだすか想像がつかない。

ある種、人智を超えているので、神様らしいと言えるかもしれない。

「ミミックが部屋にいて、面白《おもしろ》いので観察していたデース」

「ミミちゃんのストレスになるから、ほどほどにしてくださいね……。というか、ここに来た目的ってそれだけなのかな……？」

たいてい、神様が来る時は何かしら厄介《やっかい》なミッションが与えられがちなのだ。

また、面倒事が持ち込まれるのではないかと気が気じゃない。

どうも私っていろんなところから便利屋さん扱いされてるんだよね……。

「用事ならアリマース！　ちょっとアズサさんたち一家を招待したいなと思いマシテー。招待したいところアリマスネー」

「招待？」

「そうデース。ほら、前にプロティピュタンの事件を解決してくださったじゃないデスカー。そのお礼デース」

「そういや、そんな騒動もあったなあ……」

ナタリーさんが魔法少女になったり、そのへんのものがモンスターみたいになったりして、いろいろ大変だった。

プロティピュタンはデキさんの部下に当たるような、神と神じゃないものの中間の存在で、地底世界が嫌になって、地上にやってきていたのだ。

結局、地上側で暮らすことを認められて、今もどこかにいるはずだ。地上といっても、そのへんにいるのか、神様の世界にいるのかは不明だが。

「ところでお礼って何かくれるんですか……？　人間の基準でおかしくないものなら、いいんですけど」

なにせ、相手は神様なので「つまらないものですが」といって、世界のバランスが崩れるものを渡してくるおそれがある。

しかも、デキさんは長らく地底にいたせいで、価値観が一般の神と比べてもズレがちなのだ。

「最初は地底世界に通じるワープ装置を渡そうと思いましたが、地底のいろんな人が出てくる危険が高いから絶対にやめろとニンタンに言われたデース」

「危なっ！　それと、ニンタン、ファインプレー！」

トラブル解決のお礼がさらなるトラブルを招くのでは、永久機関みたいになってしまう。

そこでようやくデキさんは立ち上がった。

「ほかの神様からのアドバイスも受けて、安全なものに決定しましたデース！」

安全ならこの際、何でもいいや。

「伝説のアーティファクト見学ツアーにご招待シマース！」

「神様らしい、壮大な話だ！　伝説のアーティファクトって、賢者の石だとかそういうものですか？」

「そんなのもあったと思いマース！　問題がなければ夜、皆さんが寝ている間にお連れするデース！」

そう言うと、デキさんはその場から消えてしまった。

まだ問題がないとも、そのまま進めてとも言ってないんだけど……。

まっ、神様のやることを止める力が私にはないので、どうしようもないか。

その日の夕食の時間、私は家族に突如、神様に変な空間に連れていかれることがあるよと注意喚起をしておいた。それが私からできる精一杯だ。

これはここの世界の神様に限らず、神様はあまり連絡を密にはしてこない印象がある。早いうちから「この時期にこういった奇跡を起こしたいのですが、よろしいでしょうか？」と細かい打ち合わせをしていたら、神様の偉大さが損《そこ》なわれるからだろう。

「過去に、夢で壮大な旅をした記憶などはありますが、今回もそんなことが行われるんでしょうか？　伝説のアーティファクトが一箇所に集まっているとは思えませんし」

ライカに質問されたけど、本当にわからないので何とも言えない。

「その可能性もある。まっ、伝説のアーティファクトと言っても、目にしたら死ぬなんてものはないと思うし、そこまでの危険はないんじゃないかな」

まずい部分があったらニンタンあたりが止めるだろう。

ファルファとシャルシャは二人とも目を大きく見開いていた。

そりゃ、好奇心旺盛《おうせい》な二人にとったら、実に気になる話だよね。

「どんなすごいアーティファクトがあるのかな？　ママ、ファルファ、わくわくして眠れないかもしれない！」

「ファルファ、気持ちはよくわかるけど、眠れなかったら連れていってもらえないかもしれないし、どうにか眠ろうね」

「姉さんがあまり眠れないようなら、シャルシャが歴史の本の年表を淡々《たんたん》と口に出して読み続ける。機械的な情報の羅列は退屈なので、耐えられる人はなかなかいない」

「シャルシャ、それはグッドアイディア。でも、しゃべっている間はシャルシャも眠れなくない……？」

シャルシャは首を横に振った。

「年表を読めば、シャルシャもいずれ眠くなる。ことさら無味乾燥《むみかんそう》なタイプの年表を使うので問題ない」

年表、睡眠魔法みたいな力があるんだな……。

そして、すぐにみんなが眠る時間がやってきた。

神様と何度も会っている時点で、ちょっとやそっとのことでは動じなくなってきた。私はすんなり眠りに落ちた。

◇

気づいたら、私たちはニンタンと最初に会った時のような空間にいた。

床や地面といったものがないので、落ち着かないところだ。家族全員が揃《そろ》っているので、ファルファもちゃんと眠れたらしい。動物の睡眠からは外れているサンドラやロザリーもいる。

目の前にデキさんと、それから運命の神カーフェンが立っていた。

「よく考えたら、地上にどんな伝説のアーティファクトがあるのかあまり知らなかったので、この方に案内してもらうデース」

カーフェンが軽くおじぎをした。

「何をもって伝説のアーティファクトと定義するのかがよくわからないけど、著名なものや影響力の大きなものを紹介していくことにするよ」

このカーフェンという神は解説が好きなタイプだから、たしかに適任だ。

ただ、途中でフラットルテやサンドラが寝てしまうかもしれないけど。寝てる間に連れてこられてるわけだけど、この空間で寝たらどうなるんだろう？

「まず、アーティファクト探訪に出かける前に、アーティファクトの保管場所は大きく二つに分かれるということだけ話しておこう。一つは、この神の空間に保管しているもの。これは原則、人間や精霊が目にすることも触ることもできない。宗派によっては神に頼みこんで連れていってもらおうとするところもあるようだけどね」

「さすが伝説のアーティファクトだけあって、保管場所も特別なのですね！」

ライカが感嘆の声を漏《も》らしている。ここにノートを持ち込めたらメモでもとっていそうだ。

カーフェンもライカがいい反応をしてくれるので、話しやすそうだ。

「もう一つは人間の世界に保管されているアーティファクト。といっても、雑貨の店の中で値札をつけて転がっているなんてことはなくて、神殿や王家の宝物庫の中で厳重に守られているけどね。

普通はお目にかかれないという点ではそこまで大差ないかな」

「そういうのなら、アタシは幽霊だからすぐ見られそうだな」

そういや、この世界、ロザリーみたいに実体のない存在もいるんだよな。

「見るだけならできるものもあるかもね。ただ、触れないように結界が張ってあることは間違いないだろうから、結界の張り方によっては幽霊もそばまで寄れないかもしれない。というわけで、これで保管場所の説明はおしまいだ」

そりゃ、保管する側も幽霊のような実体のない存在にあっさり奪われないような対策はしているか。

「今から、君たちはアーティファクトの保管場所に移動してもらう。今言ったように、アーティファクトは一箇所にすべて集まってるわけじゃなくて、見学するために空間を移動することになるから、それが楽になるように意識だけ連れてきたというわけさ」

もし、実体ごと神様の世界に連れてきた場合、人間の世界の保管場所を見せる時とかに、実体が邪魔になったりするのだろう。神様の許可を得てるから警備をゆるめて拝観させてくださいってわけにもいかないしね。

カーフェンは説明内容が明確なケースは、話がわかりやすいな。

「ほう……ためになったデース！」

デキさんまでなるほどという顔をしている……。

やっぱり、地底世界が長かったから、あまりわかってないな……。

「それでは、まずは**終末のホルン**を見てもらうことにしよう」

カーフェンが言うと、私たちは瞬時のうちに違う場所に移動していた。

目の前にガラスケースみたいなものがあって、その中に大きなホルンが置いてある。

「ねえ、あれはどういう楽器なの？　あまり聞き覚えがない名前だけど」

伝説のアーティファクトといっても、知名度の差はあるだろう。

「あれなら知ってるデース！　吹くと世界が滅ぶデース！」

「本当に危ないやつ！」

私は思わず一歩退《ひ》いてしまった。

ハルカラなんて腰が退けているほどだ。私もあまり近寄《ちかよ》りたくない。

「もっとも、伝説で滅ぶと語られているだけなんだけどね。なにせ、ホルンに触ろうと思うと、神が作った厄介な結界を解かないといけないようになってるのさ。ちなみにその結界を解くには術者の神十五人を倒すしかない」

「それ、逆にホルンの信憑性《しんぴょうせい》を高めることになってますよ……。効果がないならそんな対策を施すわけないもん……」

さすが伝説のアーティファクト。最初から恐ろしすぎる。

「心配いらないさ。十五人の神を倒す存在なんてものが来たら、どっちみちその存在は自力で世界を滅ぼせるからね。ホルンがあろうがなかろうが、この世界は終わりさ。なので、無意味なアーティファクトだね」

ラスボスを劇的に弱体化させるアイテムの入手難度が、ラスボスを倒すより高いみたいなものか……。

いきなり衝撃的なものを紹介されてしまい、家族の多くが呆然《ぼうぜん》としてしまっていた。

「そんなすごい奴《やつ》がいたら、力比べをしたいのだ」

フラットルテだけがいつもどおりの能天気な調子だった。

世界を滅ぼすアーティファクトを前にしても気楽なのは豪胆だと言える。

「あと、ホルンに触ることができても、ホルンを鳴らせるかは別さ。神じゃない存在では、やすやすとは鳴らせないようになってるよ」

「さすがに何重にも安全対策はしているのか」

「できれば、そもそもこんな危険なものを存在させないでほしいですが……」

ライカがもっともなことを言った。使い道がないにもほどがあるよね。


「それでは次のアーティファクトだね。これも神の世界にあるんだ」

また、カーフェンの言葉とともに私たちは移動した。

今度もガラスケースらしき透明な箱の中に楽器が入っている。

「なによ、壊れてるじゃない」

サンドラがあきれた声を出した。そう、その楽器はどうもハープらしいのだけど、弦《げん》がついていないのだ。これでは演奏できない。

「ああ、これはよく知ってるデース！　**召喚のハープ**デスネー！」

デキさんにとってはなじみのあるアーティファクトらしい。

「デキさん、このアーティファクトはどういう効果があるんですか？」

「演奏すると、地底世界の生物が一斉に地上目指してやってくるデース！」

「これも鳴らしたら終わりのやつ！」

世界が滅ぶよりマシだけど、世界に大変革が起きる……。

「鳴らすと取り返しがつかないからね。弦はついていないのさ。さっきのホルンと並んで、なんで作っちゃったのかよくわからないアーティファクトだね」

カーフェンが他人事めいた落ち着いたトーンで言った。

「マジで今のうちに破壊してほしいんですけど……。これがあってよかったって局面はないから……」

「この手のアーティファクトが使われる時が来たら、それはそういう運命だということさ。心配しなくてもそんな運命は起こりそうな気配もないけれどね」

場合によっては滅びも運命として受け入れるぞということか。

できれば、そこは全力で抗《あらが》ってほしいけど、個人の見解の自由なのだろうか。

興味津々だったファルファも、黙ったままアーティファクトをじっと見つめている。さすが伝説のアーティファクト。絶句するしかない人間も生み出してしまう。

伝説のアーティファクトというか、破滅のアーティファクトだな。

「次からは今ほど危ないものはないから心配しないでいいよ。保管場所も人間の世界だしね」

カーフェンの説明を聞いて安心した。普通、見学するもののハードルが下がると残念なはずだが、今回に限ってはそのほうがありがたい。

「君たちの住む王国でも最大の神殿の地下宝物庫にあるね。それでは飛んでみよう」

カーフェンの言葉を聞き終わると、私たちは移動していた。

さっきまでと空間の雰囲気がまったく違う。周囲は堅牢《けんろう》な石造りで、人間の手が加わっているというのがすぐにわかる。

「うわーっ！　石の中にいます！」

ハルカラの悲鳴が石から聞こえてきた！

「瞬間移動したと思ったら、石の内側に入ってます！　気持ち悪いです！　金縛りにあった夢みたいな感じです！」

石の中に入ったことはないから細かいことはわからないけど、ニュアンスはなんとなく伝わる。

「実体がないから、自由に移動できるよ。はまって動けないなんてことはないさ」

「あっ、本当だ。いやあ、視界がおかしいのは嫌ですね……」

ハルカラが石から通路のほうに出てきた。

たしかにここは実体があると、この人数だと窮屈《きゅうくつ》なぐらいには狭い。

「この地下宝物庫はワープ装置を駆使しないとたどり着けないようになっているようだね」

「へえ。さすがに厳重に対策をしてるんだね」

「そして、間違いを選ぶと石の中にワープしてしまうようだよ」

「仕掛けがえげつない！」

「そんな不届き者はそうそういないだろうけどね。そして、ここに安置されている伝説のアーティファクトがあの先さ」

そういえば、廊下の奥に虹みたいに様々な色に輝いている何かがあった。

「母さん、シャルシャはこの神殿で何が保管されているか聞いたことがある」

このアーティファクトは神の世界のものじゃなくて人間の世界にあるから、博識なシャルシャが知っていてもおかしくないのか。

「シャルシャ、いったい何があるの？」

「あれはおそらく…………賢者の石！」

「ものすごく有名なやつだ！」

それは厳重に保管もするだろう。むしろ、この世界にもそんなものがあったのか。

その名前を聞いて、ハルカラがダッシュで向かう。実体はない状態だから足音なんかは立たないけど。

「一度、この目で見てみたいです！　どんな代物《しろもの》なんでしょうか！」

フラットルテまで興味を持って足を急がせていたので、賢者の石の知名度はものすごいなと思う。

当然、私だって見たい。

周囲にはほとんど光も当たっていないはずなのに、その石は自分から発光していた。しかも、見ている間にも色が様々に変化している。オーパーツめいたすごさがある。

しかし、神様二人は後ろのほうで、ぼうっとしている。

神様は案内側だからかもしれないが、そもそもすごいものと思ってないような態度だ。

「神様からすると、賢者の石程度、どうでもいいんですか？」

少し気になったので、まず聞いてみた。

「ただの石になんでそこまで注目するのかよくわからないデース　ホワーイ」

デキさんが両手を広げて即答した。

「えっ。たんにきれいなだけの石ってことはないような……？」

もっとも、あれが宝石だとしても相当の価値はあると思う。

「魔力は込められているよ。それなりに強力な魔法も使えるんじゃないかな。たとえば、死者復活ぐらいのこともできるんじゃない？」

カーフェンがわざとらしくあくびをした。これは本当にわざとだと思う。

「だったら、やっぱりすごいですよ。伝説のアーティファクトと言うにふさわしいですって」

「いや……死者を蘇生させるぐらいならアンデッドになってもらったほうが低コストだし……。蘇生はしたけど、記憶が戻らなかったり、意識がなかったりってことになるリスクが高いから、やるだけ無駄《むだ》じゃない……？」

言われてみて、妙に納得してしまった。

「そうか……。ネクロマンサーみたいな職業でも、そんなに旨味《うまみ》はないのか」

使い道があるのかと問われると、あまり思いつかない。

「そんなものだよ。使い勝手のいい伝説のアーティファクトというものはほとんどないのさ。頻繁《ひんぱん》に利用されていたら、伝説にもならない。使用されずに放っておかれている一部のものが一種の信仰対象になっているというのが実態なのさ」

夢のない話のようだが、それが現実なんだろう。

タダでもらえるならほしいけど、苦難や危険を背負ってまで入手したくはないな……。

「次に案内する聖杯もそんなところだね。願いが何でもかなうなんてデマが流れてるけど、そんな効果はないよ」

聖杯！　また、知名度のあるやつだ！

「ちなみに聖杯はどんな効果があるんですか？」

「注《そそ》いだ液体がとてもおいしくなる」

「浄水器⁉」

「聖杯に関しては過去に使った記録が何度かあるよ。当たり前だけど、器《うつわ》なんだから、何かを入れる使い道しかないさ」

性格からすぐに予想がついたことだけど、カーフェンの説明はサバサバとしすぎている。

あんまりドヤ顔で説明されてもイラッとするけど、展示品の紹介だから、もう少しすごさをアピールするタイプの人のほうが向いてるかもな。観光地を案内するバスガイドさん程度の盛り上げ方はしてほしかった。

このあたり、適切な人材というのが、意外と難しい。

「さて、賢者の石はみんな見たね。じゃあ、聖杯に飛ぶよ。次はせっかくなので、神殿の入口からスタートすることにしよう」

カーフェンの言葉とともに、また私たちは瞬間移動していた。

今度は話のとおり、神殿の前だ。

ちょうど朝日が昇りだしている。このツアーの間に時間が経過したというよりは、時差のある場所に一気に飛んだのだろう。

それと、来たことのない場所のはずだけど、なぜか見覚えがあるような気もする。なんでだろう……。

「この様式はニンタン女神の神殿のようですね」

優等生のライカが答えを出した。

「そっか！　なぜか初見じゃないような気がしたんだけど、ここもニンタンの神殿だから、造りや雰囲気が似てるんだ」

ニンタンを祀《まつ》る総本山は何度も訪れたことがある。

本人を知っているので信仰心は薄れてるけど、ニンタンは各地で崇拝《すうはい》されている立派な神様なのだ。神殿だって無数にあるだろう。

「ここは西のほうでは一番大きなニンタンの神殿の一つデース！」

デキさんもよく知っている場所らしい。これは相当な伝統がありそうだな。

「そういえば、聖杯が置いてあるということでよく知られていたデース」

まさかニンタンの神殿に聖杯も置いてあるとは。いや、冷静に考えれば変なところはないんだけど、あのニンタンに聖杯という単語がいまいち結びつかない。

「ここも地下の迷路みたいな先に聖杯が置いてあるんだよ。せっかくだし、歩いていこうか。アーティファクトの目の前にばかり出現すると、ありがたみもないしね」

入り口からスタートというのはカーフェンなりに盛り上がるよう、気をつかった結果なのかもしれない。

カーフェンに私たちもついていく。歩くといっても、実際に足で歩くわけではないから、疲労感みたいなものはない。ゲームでアバターを操作しているのに近い。扉も余裕ですり抜けられる。

そして、地下のうねうねわかりづらい道を進んでいくと――

いかにも重要なアイテムがありますよという巨大な金属製の門のところに出た。

「金庫の扉みたいだ。まっ、どうせすり抜けられるわけだけど」

ダンジョンでこんな扉を見つけたら、テンションも上がるだろうな。

「一日瞭然《いちもくりょうぜん》だけど、この先に聖杯があるよ。せっかくだし、水でも入れて飲んでみるかい？」

聖杯を実際に使えるってツアーとしては面白い趣向だけど、一つ懸念《けねん》点があった。

「それってニンタンの許可は得てますか？」

今、思いついたから言ってるだけのように聞こえたのだ。

ニンタンと面識があるとはいえ、そこは事後承諾で済ますのはよくないだろう。私だって、高原の家の道具を勝手に使われたら、ムッとする。

「得てないよ」

あっさりカーフェンが言った。

「聞いておいてよかった！」

こういうのって、人によって遠慮の基準がまちまちなんだよな。ここは慎重にやったほうがいい。

「なんとしても聖杯を使いたいってわけじゃないし、無許可ならやめときます」

まして、ニンタンってあとからぶつぶつ文句《もんく》言ってきそうだし。

「そしたら、許可を得ることにしよう」

一瞬、カーフェンが私たちの前から消えた。

そして、すぐに戻ってきた。

今度はニンタンと一緒に。

「聖杯を使いたい？　別にかまいはせんが、ちゃんと洗っておくようにな」

ニンタンからの許可があっさり出てしまった。

こういう時、本人をすぐに連れてこられるのは強いな……。

「それと、ホコリをかぶっておるから、そもそも使用前によく洗うべきであるぞ」

普段使わない、食器棚の奥の高い食器みたいな扱いだ……。

「じゃあ、とっとと行くのである」

ニンタンが扉の奥に入っていったので、私たちも続く。

扉の奥は地下と思えないぐらい、広々とした部屋になっていて、その部屋の奥に石をきれいに成形して作った台が置いてある。

「聖杯はな、朕《ちん》が地上の者たちに授《さず》けたアーティファクトなのである。つまり、朕と地上の者たちとの間の絆《きずな》を示すものということよ」

ニンタンが偉そうなことを言っているが、実際に偉いので別に気にならない。

アイテムとしての効果が微妙だとしても、伝説のアーティファクトと言われるだけあって、歴史的な価値のあるものなんだな。

「はるかなる古代に、当時はまだ技術的に作り方もわかっておらんかった磁器を聖杯として渡してやったのである」

「この世界の聖杯は金属製じゃなくて磁器なのか。そういや、陶器と磁器の違いって何だっけ？」

「母さん、陶器と磁器では材料が違う。陶器を作るのはおおざっぱに言うと土。磁器はこれもおおざっぱに言うと、一部の特殊な石を砕いて材料にしたものから作る。一部の石は高温で焼くとガラス化して、叩《たた》いても美しいキンキンという硬質な金属音がする。それと、陶器と比べて極端に薄く作れる」

シャルシャがすぐに違いを教えてくれた。

「ありがとう、シャルシャ。そういえば、薄い器と分厚い器があるなって思い出したよ」

「今では磁器を作っている土地もある。しかし、材料の石が手に入る場所は限定的なので、陶器と比べると産地は少ない」

なるほど。技術的な問題もあるだろうけど、材料が見つかるかどうかの違いがネックみたいだな。

「朕が授けた聖杯は角度によっては光が透けるほどに薄い器であったからな。当時は人間どもは光が透けるような器を作ることはできんかったから、これぞ神の技術と讃《たた》えられた。ああ、なつかしい……」

「それにしても、ニンタン、物思いにふけってるね」

「最近、朕の権威が下がることばかりであったからな……。『過去のことがいいように見える』理論だけのせいではないのじゃ……。昔のほうがもっと讃えられていたのじゃ……」

たしかに蚊《か》とワニの事件を思い出すだけでも、いろいろと問題はあった気がする。

「ワターシは今のニンタンのほうが面白《おもしろ》くて好きデース」

「むっ、デキアリトスデはそう思うか？　しかし、面白いというのはちょっと引っかかるが……」

私としても親しみやすいニンタンのほうがいいなとは思う。

まっ、人が変わるように、神様だって変わることもあるだろうし、それが明らかに暗くなってるみたいなマイナスの変化でないなら、どう変わってもいいんじゃないかな。

「ところで肝心の聖杯はどこに置いてあるんだい？」とカーフェンが尋ねた。

「そんなもの、見ればすぐにわかるであろうが。今の時代はあの台に安置されておる」

ニンタンが台を指差した。

そこには台だけがあった。

台だけ。

つまり、聖杯が置かれてない。

「あれ？　なんでない……？　どこかに展示するために出品中だったりするのか？」

ニンタンが困惑するのも当然だ。この部屋にはその台ぐらいしか目につく物がない。そこにないなら、どこにあるんだという話になる。

と、先に前に行っていたライカが青い顔でやってきて、私の肩をちょいちょいと叩《たた》いた。

「あの、アズサ様、あれではないでしょうか……」

ライカがやけに小声だ。まずいことでもあったかと思い、私も黙ってライカについていく。

台の裏側に回ると、きれいな器が床で割れていた。

位置的に、台から落下してこうなったと推測できる。

ということは…………つまり…………。


「聖杯、壊れてるじゃーーんっ！」


ついついい、私は絶叫した！

とんでもないことになっている！

「は？　は？　は？　そんなまさか……。何かの悪い冗談であろう？　…………………本当に割れておるーっ！」

台の後ろにやってきたニンタンも私と似た反応を示した。

伝説のアーティファクト、破損！


私はまず、最低限のチェックを行うことにした。

「あの……誰《だれ》も落としてないよね？　落とした人は正直に言ってね？」

正直に言ったところで許してもらえるか謎《なぞ》だけど……。

「それなら大丈夫だと思いやすぜ。あの台の上には最初から何も乗ってやせんでした。何かの魂が近づくこともなかったから無事です」

ロザリーが話してくれたので、少し気持ちが軽くなった。

割れたことには変わりないけど、自分たちの責任じゃないとわかるのは大きい。

「お師匠様、わたしじゃないですよ？　これでも博物館を経営してますから、美術品の扱いは慎重にやりますからね？　本当に本当ですよ？」

「さすがにそこまでは疑《うたぐ》ってないから、ハルカラも気にしないでいいよ……」

誰かが落としたなら、割れた時に音が響く。だいぶ前から落下していたんだろう。

デキさんとカーフェンもニンタンに続いて、聖杯のところにやってきた。

「木っ端微塵《こっぱみじん》デース。いえ、粉骨砕身《ふんこつさいしん》デスカ？」

粉骨砕身は意味が違う。

「伝説のアーティファクトも壊れる時には壊れる。形あるものは必ず壊れる、その運命には神が下賜《かし》したものも免れないというわけだね」

カーフェンは飄々《ひょうひょう》としている。二人とも呑気《のんき》なものだ。

これは冷たいというより、世界に影響が出るわけでもないし、どうでもいいと考えているせいだろう。

たしかに、別に大洪水が起こるわけでも、日照りが何か月も続くわけでもない。

演奏すると世界が滅ぶアーティファクトと比べれば、どうでもいいのだ。どっちかというと、演奏すると世界が滅ぶアーティファクトは、演奏できないように壊してほしいんだけど。

もっとも、ニンタンはさすがに、がっくりうなだれていた。

うずくまって、地面のアリでも観察するような姿勢で聖杯だった残骸《ざんがい》を見つめている。

「なんで、こんな高い台に置いておくのじゃ……？　低いところに置けばよかろう……。台に置くとしても、縁《ふち》に落下防止用の壁を作るとか、方法なんていくらでもあったであろう……。そりゃ、高いところから落下したら割れるわ。そういう材質なんじゃから割れるわ。当たり前すぎて腹が立つ前に悲しいわ」

これは声をかけづらい。

ショックを受ける内容が大きすぎて、なんとも言いようがない。

「ええと……物がなくなったわけではないから、修理すれば使えるようになるんじゃないかな……？　修理のやり方次第によってはかえって芸術的価値が高まることも……」

たしか前世にも金継《きんつ》ぎって修理技法があったはずだ。

「もうよい。どうでもよい。割れたものは割れたと受け入れるしかなかろう。だって、割れておるしな」

いじけまくってるなあ……。

これはどうしようもない。それこそ、時間がショックをやわらげるのを待つか。

だが、ニンタンは案外、すぐに立ち上がった。

「しゃーない。次の聖杯を作る！　ほかの聖杯が一つあれば、それでよかろう！」

ニンタン、吹っ切れた！

「どうせなら、イメチェンをするのである！　これまでの聖杯とまったく違うものにする！　いっそ、五百年おきに作り替えるぐらいでもいいわい！」

なんかヤケクソみたいになってるけど、焼き物が五百年残れば十分にすごい気もするし、作り替えるという発想でも別にいいのかな……。

「というわけで、候補を探さねばならんのであるが、アズサよ、よさそうな陶芸家はおらんか？」

信じられないようなことを聞かれた。

「えっ？　神様の世界で作るんじゃないの……？」

「はっきり言って、こっちで作るのは面倒だし、それにまた代わり映えのしない、似たようなものになる可能性も高い。いっそ数百年おきにすごい陶芸家に任せたりするほうが面白いかと思う」

「そんなゆるい発想でいいの？　神様本人が言うならそれでいいのかもしれないけど……」

「それに！」

ニンタンがことさら大きな声を出した。

「聖杯を渡した朕が割れた代わりにほかのを持ってくるのだから、割った側に文句を言う権利はない。あと、神から授かったという事実が重要なのである。どんなものでもよい！」

筋は通っている。ずさんに管理してた側が一方的に悪いもんな。それはいいとして……。

「高名な陶芸家のあてなんてないよ。そんな職業の人、知り合いにいくらでもいるものじゃないでしょ」

「アズサの直接の知り合いにはおらんかもしれぬ。しかし、お前の人脈は広い。友達の友達ぐらいのところにすごい奴はおるのではないか？」

気楽に言いすぎにもほどがある。

飲食店勤務の人とかと比べると、陶芸家って格段にレアリティが高いぞ。

「まっ、すぐにどうにかせよとは言わぬ。どうせ、この扉だって十年に一回ぐらいしか開けておらんようであるしな」

ホコリのたまり方からしても、掃除のためにすら立ち入ってなさそうではある。

「だから、朕から神託でも飛ばさんかぎり、割れたことに気づくのも、かなり先よ。当面、神殿の連中の間では聖杯はしっかり保管されておることになっておる。まだ、この聖杯は割れておらぬとも言えるわけだ」

シュレディンガーの猫みたいな考え方だ。

「わかった。声だけかけてみるよ。けど、一切《いっさい》、期待しないでね。仮に候補の人が見つかっても、聖杯を作れるだけの腕がある人かは別だし」

特定の職業の人なら誰でもいいわけでもなくて、その道でまさに世界屈指の人を選ばないといけないわけで、無茶苦茶《むちゃくちゃ》難しい。

「わかっておる。全責任を押しつけるつもりなどないから気楽にやるがよい。責任は割れるような保管をしておった連中にある」

あっ、割れてたことに関してはイライラしてるなというのが伝わってきた……。

こうして、ふわふわした宿題が一個だけできて、伝説のアーティファクト見学ツアーは終了したのだった。

ある意味、聖杯が割れているのを見学できるという、貴重にもほどがある体験をすることになってしまった……。

◇

見学ツアーから数日後。

私はユフフママの家を訪れていた。

目的はここでのんびりすることだ。ここ以上に実家のような安心感を得られる場所はないと言っていい。

人生には実家のような場所が必要なのである。

伝説のアーティファクト見学ツアーのあと、一応、シャルシャと一緒に大きな街の図書館に行って、著名な陶芸家に関する本を当たったりしたが、聖杯制作にふさわしいような候補は出てこなかった。

聖杯は（壊れたけど）伝説のアーティファクトである。

となると、制作するのも伝説級の職人が必要だ。すぐに出てくるものじゃない。

それこそ「三百年に一人の逸材《いつざい》」みたいな人でないとダメかもしれず、それだと今はいない可能性も十分に考えられるのだ。

そこそこ有名な陶芸家に打診だけして、やっぱり実力不足なので依頼を取り下げますというのは失礼すぎるしな……。ていうか、依頼に関してはニンタンにやってもらおう……。

やっぱり人探しは長丁場になるなということで、そちらのほうは一回打ち切っていた。そして、息抜きにユフフママのところに来ているというわけだ。

「はい、アズサ、お茶を淹《い》れたわよ」

ユフフママがティーポットをテーブルに持ってきた。

ただ、すぐに引き返していった。どうも、何かを探しているようだ。

「せっかくアズサが来てくれたんだし、珍しいティーカップを使おうかしら」

「いや、そんなところまで気にしなくていいよ。どっちかというと、お客様じゃなくて、実家の感覚で接してもらえるほうがありがたいぐらいだし……」

お客様の待遇を求めているなら、お金を払って高いお店を利用すればいいわけで、ある種、いくらでも実現可能なのである。

ユフフママの家ではそれとは違う感覚を味わいたい。贅沢《ぜいたく》言ってる気もするけど、けっこう同意は得られる意見だとは思っている。

「でも、こっちだっておもてなしの方法は少しずつ変えたいわ。アズサは帰省しているつもりなんでしょ。同居している親の態度ではおかしいじゃない」

だんだんロールプレイとは何かみたいな問題になってきた。

そこはユフフママにゆだねるとしよう。もてなし方まで私が指示するのはおかしいからね。こちらはお世話してもらってる側なのだ。

「ああ、あったわ、あったわ」

そして、ユフフママが持ってきたのは、暗い茶色の湯呑《ゆの》みだった。銅が錆《さ》びた色というのに近い。

ティーカップではなく、湯呑みと表現するほうが近いと思う。取っ手すらついてないタイプだ。

この世界にも各地に焼き物はあるが、その中でもこれだけ無骨なのはあまり見た記憶がない。

「やけに素朴な陶器だね」

「これはバルフェンっていう粘土の精霊の陶芸家が焼いたカップなの。釉薬《うわぐすり》を使わずに土だけを焼いて、丈夫なものを作るのよ」

まさか、こんなところに陶芸家が！

「ほら、なかなかいい色合いなのよ。色味もよく見ると全然均一じゃなくて、かえって味わいがあって、飽きないの」

たしかにほとんどの部分は茶色だけど、一部が緑っぽくなってるところもあれば、明るい赤に近いところもある。

表面もでこぼこしていて、へこんでいるところまで目につく。

「なんか、野生の陶器って感じだね」

「そうね。同じものは二度と作れないって本人も言ってるわ。その道何千年の陶芸家が言うんだから、なかなか重みがあるわね。人間の世界にはあまり品物を卸さないから、幻の女性陶芸家って言われてるわ」

何千年の陶芸家！

それなら、まさに伝説級の人物で間違いない！

そうか、精霊は不老不死だから、クラゲの精霊のキュアリーナさんみたいに芸術関係のプロがいてもおかしくないのだ。

「ねえ、ユフフママ。その粘土の精霊と連絡取れるかな？」

「そうねえ、聞いてみることはできるけど、窯《かま》に火を入れている時は一か月近く誰にも会わなかったりするの。旅をしている時もあるし、上手《うま》く連絡が取れればいいんだけど」

そう言うと、ユフフママは家の外に一度出ていった。

しばらくして、ユフフママは戻ってきた。

「アポとれたわ。家族で来ていいそうよ」

「あっさり連絡取れた！」

「ただ、ごめんなさいね。工房が魔力で隠されているから、精霊じゃない人はややこしい道のりを進んでもらわないといけないわ」

ユフフママはほかの場所にぱっと移動できるような力を持っている。精霊なら誰でも使えるのかわからないけど、精霊が精霊同士で独自のネットワークを持っているのは確かだ。

「それぐらいの苦労はいとわないよ」

精霊が人目につかないように生きているのは普通のことなので、驚くに当たらない。松の精霊のミスジャンティーあたりのせいで勘違いしがちだけど、会いづらい精霊のほうが多いはずだ。

「じゃあ、行き方を聞いておくわ」

ユフフママはまた粘土の精霊のところに行って、メモをもらってきてくれた。

細い道をアミダクジみたいにあっちへ行ったり、こっちへ行ったりして、さらに何度か引き返すと、その先に工房が現れるらしい。

なるほど……。ここまで複雑だと、人間が偶然《ぐうぜん》たどり着いちゃうってこともないな。

私は早速、家族に粘土の精霊の話をした。どうせなら家族全員で行こうと思う。向こうも家族で行っていいと言っているわけだし。

それと、ニンタンにも確認をとった。これでニンタンが拒否したら、何をやってるかわからないからな。

結果、こちらのＯＫも出た。

ニンタンはこんなことを言っていた。

「ずいぶんとシンプルであるが、かえって以前の聖杯との差別化が図れてよいかもしれぬな。こういう土に近い、意匠性の感じられぬものも、それはそれで神聖な雰囲気が出る」

たしかに以前のものと全然方向性が違うほうがいいのかもしれない。前のものと似ていると、比較されそうだしな。

「そしたら、粘土の精霊に依頼に行くよ」

「うむ。よい返事を期待しておる」

来たいという者を拒んではいないようだし、可能性はあるんじゃないかな。

◇

ライカとフラットルテに乗って、私たち家族は目的地を目指した。

場所は陶器造りではそこそこ知られた土地の隣町といったようなところだった。そこの山深い森のほうだ。

ここでメモにあるようなルートで、道を歩く。

隣の街道へ通じる脇道《わきみち》に入るぐらいのことは、偶然でも起こりうるけど、いちいち引き返すところが何回か出てくるので、何も知らない人間が工房に来ることはまず無理だろう。

近所を散歩したりしている人がいると、猛烈に不審に思われそうだけど……そういうエンカウントはなくてよかった。そもそも人気《ひとけ》はほぼないような郊外だ。

そして、メモのとおりに移動すると、正面になかなか大きな平屋の建物が出現した。

近くの斜面には登り窯らしきものが設置されている。

「アズサ様、これは期待できそうですね」

ライカは心なしかテンションが上がっている。芸術家のお宅訪問だからかな。

私はまだ相手が気難しい人であることもありうるので、そこまで楽観的ではない。

「たしかに本格的な感じがあるね。さて、粘土の精霊はどこにいるんだろ」

家の隣の建物から音がするので、まずそちらの建物を訪れてみると、ろくろが回っていた。

その前に精霊らしき人物が座っている。長い髪はぼさぼさで服も粘土が飛び散っているのか、かなり汚れている。まさに職人という感じだ。

この世界に電動のろくろはないはずだから、手動（手じゃなくて足で蹴《け》って回してるかもだけど）か魔法かで動いているのだろう。

「あの、粘土の精霊さんでしょうか？」

これから頼みごとをするので、できるだけ丁寧《ていねい》に尋ねた。

「そうぞな。粘土の精霊バルフェンぞな」

ろくろで、壺《つぼ》の形を整えつつ、粘土の精霊が言った。真剣に制作中という様子だ。声をかけてよかったか怪しいけど、横でじっと待ってるのも変な気がするし、とっとと用件を伝えることにした。

「バルフェンさんにお願いしたいことがあって、ここにやってきました。あの、今、お話をしてもよろしいでしょうか？」

「話すとよいぞな」

許可は出た。

すると、目の前にニンタンが現れた。

威厳を保つためか、やけに自分の後ろを発光させている。

「あっ、直接話すことにしたんだ」

だったら、事前に言っておいてほしかったけど、結果的にこちらの仕事が減るのでありがたい。

「精霊なら、神の秘密が漏れることもなさそうじゃからな」

風の噂《うわさ》を流す風の精霊とかもいるので、それは精霊次第だと思うけど……。

「朕は女神ニンタンである。粘土の精霊バルフェンよ、朕の願いを聞いてくれぬか？」

「作業をしたままでいいなら聞くぞな」

バルフェンさんがちっとも畏怖《いふ》の感覚を持たないので、ニンタンは少し不満そうだったが、聖杯

造りをお願いした。

「それでな、サイズは普通のカップほどだと小さすぎるので……そうであるな、両手で持つのがちょうどよいぐらいのものであればよいな。あと、できれば丈夫なほうがよい。できた二年後に割れましたというのでは、格好がつかん……」

バルフェンさんが作業に集中していて、相槌《あいづち》も打たないので、ニンタンは説明しづらそうだった。かといって、神様が出てきたら、ぺこぺこ頭を下げる陶芸家も軽く見えてニンタンも信用できないなと思うかもしれないし、難しいところだ。

「目的はしかと聞いたぞな。聖杯造り、仕事としては名誉なことであるし、ワタシの工房を選んでくれてうれしいぞな」

「では、聖杯、引き受けてくれるのであるな！」

「しかし、一つ、こちらからもお願いがあるぞな」

ろくろを回しながら、バルフェンさんは視線だけをちらっとニンタンに向けた。

目力が強い。これじゃ、どっちが神様かわからないな。

「な、なんじゃ……。金品がほしいのであれば、いくらでも出せるが……」

「聖杯が完成したら、どんどん使ってやってほしいぞな。後生大事に、隠すように置いておくというのであれば、ほかを当たってほしいぞな」

これはかなり重大な見解の相違かも……。

「待ってくれ。聖杯をそのへんのカップと同じように使えば、割れる危険も高くなる……。それでは困るのだ……」

「だったら、この仕事は受けられぬぞな。ワタシに負けない優《すぐ》れた陶工はいくらでもいる。そちらに打診するがよろしかろう。器を飾りたがる人がいるのは知っているし、そういう見方もあるとは思うが、ワタシはそうではないぞな」

なんだろう。この精霊、今までで一番かっこいい。

神様相手にここまで媚《こ》びずに堂々としているのは、なかなかすごい。

シャルシャもバルフェンさんに興味を抱いたらしく、じぃっとその様子を注視していた。

こういう性格の人って周囲にあまりいなかったからな。考え方だけならライカに近いかもだけど、ライカは物腰が柔らかいから雰囲気は全然違う。

「どうして聖杯を使わねばならぬのだ。理由を伺《うかが》おうではないか」

ニンタンはまずいなという表情だ。まさに器を飾りたがる側だからな。

「神よ、ワタシは陶工であり職人ぞな。芸術家にあらず。自分が焼いた器が何も淹《い》れられず、ただ眺めて楽しまれるというのは陶工に対する侮辱《ぶじょく》。器として使わないのなら、土くれを焼いたもので構わないはずぞな。器は用があってこそ輝くぞな」

ニンタンは黙り込んでしまった。

それから、小さな声で「論破された」と言った。

いや、神が論破されちゃうのはさすがにまずいのでは……。

「そなたの意図はわかった。朕にも少しだけ考える時間をくれ……」

「わかったぞな。ほかの客人たちも、しばらく手が離せないので茶も出せないが、好きなようにくつろいでくれてかまわないぞな。隣の家には過去に焼いた売り物を置いているぞな。好きなだけ見ていってくれればよいぞな」

こうして私たち家族も作業中のバルフェンさんから離れることになった。

やっぱり、聖杯なんて大層なものを新調するとなると、一筋縄ではいかないんだなと思った。

そのあと、私たち家族はバルフェンさんが言っていた売り物を眺めたりした。

売り物といっても、事実上の作品の展示と言っていい。購入が可能な画廊みたいなものだろうか。

「アズサ様、どうもややこしいことになりましたね」

茶色い壺を見つめながら、ライカが言った。

「絵と違って、鑑賞して終わりというわけにはいかないからね。バルフェンさんって精霊の言ってることもよくわかる。ただ、聖杯を気楽に使えというのも難しくはあるから……さて、どうなることやら」

もっとも、私としては割と気楽ではある。

素晴らしい陶芸家を紹介したわけだから、ニンタンに頼まれた仕事はすでに満了している。

あとはニンタンとバルフェンさんの間でじっくり交渉してもらおう。

バルフェンさんは妥協しないだろうから、ニンタンが妥協するかどうかだと思うけれど……。

バルフェンさんしか聖杯を制作してはいけないという決まりもないのだし、ニンタンにはとことん悩んでもらえばいいだろう。

やっぱり、おいそれと聖杯を使われると格が落ちるから辞退しますというのもアリだし。

多分、家を選ぶのなんかより慎重に決めないといけない局面なのだ。

そのニンタンは客人用の椅子《いす》に座って、「むむむ～」と声を出してうなっていた。

まだ、すっきりと結論は出ていないか。

それもいい。神様が熟考してもいい。

一週間考えても、一か月考えても問題のないような案件だ。

自分が当事者じゃないと、こんなにゆったり構えられるんだな～。

と、バルフェンさんが売り物を並べているところにやってきた。

「仕事が一段落したぞな。そこにないものでも、ほしい形の皿や壺があれば言えばいいぞな。言い方は悪いが、安い二級のものもあるぞな。二級とわかるとできてすぐに割ってしまう陶工もいるが、それは粘土に悪いと思うのでワタシは割らないぞな」

言葉を聞けば聞くほど、この精霊は本物の職人にして芸術家でもあるという気がする。

少なくとも、行動にブレがないのだ。しかも、キャラ作りなんてものにもこだわっていない。

私の周りって異様にお金に執着する人や、うさんくさい人が多かったからな……。

シャルシャもずっとバルフェンさんのほうに視線を向けている。

「同じ精霊でもミスジャンティーさんなどとは違う」

その台詞《せりふ》は失礼にあたるけど、間違ってはないのが難しいところだ……。

お金自体は大切に決まってるし、お金を稼ごうとするのは何も悪くないんだけど、ミスジャンティーはがめつく見えすぎるのだ。

座っていたニンタンが立ち上がった。

そのまま、バルフェンさんのほうに来たので、結論が出たのかな。

「一年に一度、祭りで選ばれた者数人が、できあがった聖杯に入った水を飲む――それでどうじゃ？」

ニンタンなりに落としどころを考えていたらしい。

聖杯をご自由にお使いくださいというわけにはいかないから、そんな使い方になるよね。

「承知したぞな。では、最高の土を使って焼くとするぞな。大きさからして二週間焼き続けないといけないというようなことはないから、そこは気楽ぞな」

さらっと、とんでもないことを言っている。

陶芸家に転生しなくてよかった……。スローライフが不可能になる。

よし、これで私の仕事はすべて終わったね。あとはゆっくり帰宅するだけだ。

「あの、バルフェンさん」

その時、シャルシャが一歩バルフェンさんのほうに進み出た。

見学して、とてもためになったとか、そういう感想を言うのかな。

「シャルシャ……バルフェンさんに弟子《でし》入りがしたい！」

えええええええっ！　弟子入り？　シャルシャ、何を言い出すの？

「バルフェンさんの焼き物への取り組み方に胸打たれた。シャルシャも学びたいと思う！」

シャルシャは本気だ。目を見ればわかる。

まさか、ここまでやる気になっていただなんて……。

「シャルシャちゃん」

バルフェンさんがシャルシャの目を見て、話しだした。

「気持ちはうれしいが、焼き物は文字通り、泥くさいものぞな。たとえば、しばらくは土を練ることばかりやることになるぞな。人間は一人前になるのに土練り三年、ろくろ十年と言うが、精霊のワタシからすれば土練り三十年、ろくろ百年。いや、土練り三百年、ろくろ千年の気持ちが必要と思っているぞな」

スライムを三百年倒すよりしんどそうだな……。いや、気づいたら偶然強くなっていたのと、意識的に土を練ってるのとを一緒にするの、失礼すぎるか……。

「シャルシャちゃんの望むような、ろくろを回して器の形を整えることや、まして窯で焼き物を造るところに至るまで膨大な時間がかかるぞな」

シャルシャも生まれて十年経ってないというような子供じゃないが、それでも長く感じるような時間が必要になる。

「それに住み込みでとなるから大変ぞな。親離れには早いぞな」

親離れ？　そんなのは困る！

シャルシャも住み込みという言葉を聞いて、口をへの字に結んだ。それはハードルが高いと感じているのだろう。

「シャルシャ、住み込み修行はもっと大きくなってからでいいんじゃないかな？　それにシャルシャが勉強してたジャンルとも、また違うし……」

万が一、このまま住み込みでずっとここで暮らしますということになると大変なので、私はシャルシャに翻意《ほんい》してもらおうとする。

あんまり娘の人生をコントロールしようとするのもよくないのだけど、さすがに今日見たばかりの世界に弟子入りするのは性急《せいきゅう》すぎる。

ニンタンは自分は責任持てないとばかりに、わざとらしく陳列されている壺を眺めている。これも元はと言えば、ニンタンが聖杯のあてを探したからだからね！

しかし家庭の問題であるのは事実……。

ここは私がシャルシャを説得しなければ……。

黙っているシャルシャのそばに、ファルファがやってきた。

「シャルシャ、バルフェンさんの精神性にあこがれたから弟子になりたいって言ったんだよね？」

「姉さん、それはもちろんある」

こくりとシャルシャはうなずく。

「精神性も大事だけど、技術や物に感服したのでないと、バルフェンさんに失礼じゃないかな？

バルフェンさんは修道院のお坊さんじゃないんだから」

ファルファは優しい顔で丁寧にシャルシャに語りかける。

「きっとバルフェンさんの技術はすごいんだろうけど、それが一目でわかるほど、まだシャルシャは焼き物の世界を知らないよね？　弟子入りをお願いするにしても、もっと焼き物の勉強をしっかりしてからでないとダメだよ」

シャルシャが、はっとした顔になる。

「た、たしかに……。姉さんの言葉は理にかなっている……」

すごいぞ、ファルファ！　本当に偉い！

「弟子入りを希望するにしても、シャルシャが焼き物について詳しくなってからだよ。どの技術にあこがれてますって言えるぐらい、焼き物を勉強しなきゃね」

「バルフェンさん、申し訳ない……。シャルシャはあまりに甘かった……」

シャルシャはバルフェンさんに謝罪した。

ふう……いきなり娘が巣立ってしまう危機は回避できた……。

「ふむ。評価されたのはありがたいことぞな。しかし、そこのお姉さんの言葉がすべてぞなね。ただ、やる気があるのは何も悪いことではないぞな。ふむふむ……」

バルフェンさんは何か考えているようだ。

「もし、よかったら聖杯を完成させるまでの間だけ、ここに残って見学するのなら、どうぞな？ワタシも正式に弟子はとれないが、それぐらいならできぬこともないぞな」

まさかのバルフェンさんからの提案！

「本当に土を用意するところからはじめると、土を寝かせておくだけで一月《ひとつき》はかかるし、大変ぞなが、理想の土は用意してあるぞな。それに今回の聖杯は紋様を刻《きざ》むことも、絵付けもいらない、徹底して素朴なものだから、工程も少ないぞな」

バルフェンさんは指を折って、日数をカウントしている。

「ろくろで成形したあとの乾燥に数日、焼いたあとに冷ますのに数日……二週間ほどで完成ぞな。二週間、ここで過ごすというなら構わないぞな」

……二週間。

何か月も会えないというのと比べれば短いけど、それでも二週間！

約半月！

これは難しい……。長いようだけど、そんなのダメと母親からは言いづらい日数だ……。まずはシャルシャの反応を待とう……。

シャルシャは両手をぎゅっと握り締めた。

「シャルシャ、ここに残って少しでも学べるものを学びたいと思う！」

完全にやる気だ！

「それでは、保護者の方の許可を得られれば、簡単なことだけは二週間の空き時間で教えようと思うぞな。ただし、断っておくが、お客様扱いはしないが、よろしいぞなか？　楽しくないこともあるかもぞなよ」

「シャルシャもそれぐらいの覚悟はできている」

「おやつは一日三百ゴールドまでぞなよ」

そこそこ、おやつ、食べられるな……。

「朝九時には起きないといけないぞなよ」

それも朝が弱い人でなければ普通に起きてる時間だな……。

もしかすると、このバルフェンさんという精霊、子供にはまあまあ甘いのかもしれない。

シャルシャが、私の顔を見上げた。

その目には決意の色が宿っている。


「母さん、二週間、ここで様々なことを学びたい。お泊まりを許してほしい」


こう、はっきりと言われてしまっては断ることはできないな。

二週間か。心細いのは私よりも家族が誰もいないシャルシャのほうだし、私は我慢《がまん》するしかないか。これも教育の一環だ。

「わかりました！　許可します！　でも、二週間後には元気に帰ってくること！」

「うん！　シャルシャ、その約束は必ず守る！」

シャルシャ、強く生きるんだよ。

もし、耐えられなくなったら、もっと早く帰ってきてもいいからね！

◇

「ご主人様、どこかおかしいのだ」

シャルシャと別れた翌日からいきなりフラットルテに指摘された。

「えっ？　私は元気だよ？　シャルシャはいないけど、しょんぼりしたりしてないでしょ？　料理も掃除もしっかりやってるよ。むしろ、いつもより働いてるぐらい」

「そこがおかしいのだ。全体的に無理に元気に振る舞おうとしてるところがあるのだ。テンションを上げる必要のないところでテンションを上げているから不自然になってる」

「うっ……。そうだったか……。そう言われるのは想定外だった……」

あまり落ち込んだりしないようにと心がけていたら、かえって変に見えてしまったらしい。

シャルシャのことを意識しすぎないように、自分のやれることをこなして時間を忘れる計画だったのだが、それがおかしなものに映るとは……。

「じゃ、じゃあ、徹底して自然になるように振る舞うね！」

「振る舞うって言ってる時点で自然ではないのだ」

あまりにもフラットルテの言うとおりだったので、何も言い返せない。

シャルシャがいない影響を最低限にしようと思ったのに、それをやるのは本当に難しいようだ。

あと、シャルシャと別れてから四日後に来た、おばさんみたいなポジションの人にすごく文句を言われた。

当然、ベルゼブブです。

「納得がいかぬ！　わらわの家に娘が二週間も遊びに来ることなんてなかったのに、なんで許したんじゃ！　不公平にもほどがあるわい！」

「今回は遊びじゃないでしょ！　あくまでも弟子入り！　ベルゼブブがシャルシャに教えられる修行なんて存在しないんだから諦《あきら》めなよ」

「農務省の事務仕事なら教えられるぞ」

いや、それ、国家機密だろ。

「しかもあなたがファルファやシャルシャと会ってる時間は、累計したら余裕で二週間なんてオーバーするでしょ。だから別にいいじゃん」

「よくない、よくない！　わらわは認めんぞ。これはうちにも二週間来てもらう必要がある。先例ができてしもうたからの。異論は認めぬ」

「いや、異論は言うからね。ファルファやシャルシャが魔族の土地で長期間勉強したいなら、とっくに言ってるって。まっ、たまに寄るぐらいで勘弁してよ」

「いや、勘弁せんからな」

「しつこい！」

こんな調子で、ベルゼブブがぶーぶー不平を口にした。

それだったら娘が興味を持つ伝統芸能でも身につけてから、やってきてほしい。

「しかし、まだ十日ほどもあるのじゃよな。のう、その粘土の精霊の場所を教えよ。こっちから会いに行くのじゃ」

「絶対ダメ！　一番迷惑なやつじゃん！　バルフェンさんだけじゃなく、シャルシャからも怒られるよ！」

「むむ……シャルシャに怒られるのは困るのじゃ……」

ベルゼブブ、ファルファやシャルシャたちのこととなると、思考が無茶苦茶になるな……。

それにしても、二週間というのは実際に体験してみると、かなり長かった。

シャルシャが家にいないという非常事態が二週間も続くのだ。

この違和感はとても慣れられるものじゃなかった。

一人分多く、お皿の用意をしちゃうなんてことも本当にやってしまった。

今の私の生活にはシャルシャが家にいるということが組み込まれている。期間としては私一人で暮らしていた時間のほうがずっと長いのにもかかわらず。

なんというか、私も子離れは当面できそうにないなということを実感している。

これまでの暮らしはとっても恵まれたものだったのだ。今後とも日々の暮らしに感謝しながら生きていこう。

あと、言うまでもなく、シャルシャの不在は私だけの問題じゃない。

家族みんなが気にする問題だけど、とくにファルファの様子が気になった。気になったというより、私は親として気にしないといけないのだ。

「ねえ、ファルファ、シャルシャがいなくても寂《さび》しくない？」

毎日、私はそうファルファに尋ねる。

これは少し不思議な質問だ。寂しいに決まってるのだから。双子の妹がいなくなれば、誰だって寂しくなる。

「うん、お部屋ががらんとしてるなって感じる時もあるけど、ファルファはけっこう大丈夫だよ～」

ファルファもいつもこう答えるけど、それが本心なのか、無理をして言ってるのかは、よ～く確かめないといけない。

「もし寂しくて仕方なかったら、言ってね、今日はママと一緒に寝よう」

「ママが寂しいなら、それでもいいよ」

うっ！　これは逆にファルファに心配されているのかな……？

フラットルテに翌日には指摘されたぐらいだから、私が平常心からズレてるのは周知の事実なのかも。

だとしても、母親としてやれることをしっかりやるのだ。その部分は変わらない。

「じゃ、一緒に寝よっか」

「うん！」

シャルシャが弟子入りしてから一週間後の夜は、ファルファと眠った。

ファルファは寂しいということをほとんど口に出さなかったので、なかなか心が強いなと思った。

「あと一週間だし、耐えられるよ、ママ」

ベッドの中でファルファにそう言われた。

これは完全に私のほうが心配されている。しかも、しっかりしようと思っているがゆえに、かえって周囲を心配させているようなところがある。

「だね。どうにか乗り切るよ。乗り切ってみせる」

「ママ、その意気だよ」

ファルファが平気そうなのがわかったし、これはこれでよかったと考えよう。

「ねえ、シャルシャは元気に弟子入り体験をやってると思う？　それともそろそろホームシックになってると思う？」

私よりずっとシャルシャと長く暮らしてるファルファに尋ねてみようと思った。

「どっちかな～。ファルファもわからない。けど、目的がはっきりあるとシャルシャは続けられるタイプだとは思うよ。ママを倒すって意気込んでた期間だって長かったし」

「そんな時もあったね……。復讐《ふくしゅう》を考えてた期間は長いよね……」

私がシャルシャと出会ったのは、まさに復讐にやってきた日なので、それまでのことは話でしか知らないのだけど、シャルシャが長年の鍛錬を重ねていたのは事実のはずだ。

だったら、シャルシャはこつこつ続けることはできるタイプなのか。

「こういうのって、どういう気持ちで待ってて、どういう気持ちで再会するのがちょうどいいのか、ママにもまだわからないや」

「ファルファもわからないよ。ママ、もう寝ようね～」

その日はとことんファルファにあやされていました。

◇

そして期限の二週間が過ぎた。

自分の中では十五年は過ぎた気さえする。早速、私たち家族はバルフェンさんの工房を目指して、ライカとフラットルテに飛んでもらった。

工房の入り口の真ん前にはニンタンもいた。

「まさか、そなたの家族にまであんな影響が出てしまうとは思っていなかったわい……」

ニンタンもあのあと、まずかったかもと考えていたようだ。

「決めたのはシャルシャだからしょうがないよ。ああいうきっかけがどこに転がってるか、誰にもわからないし」

それにもうすぐシャルシャに会えるんだし。

ただ、不安はある。

シャルシャが二週間のうちに、やっぱり陶芸の道に生きるなんて決意したりしてないだろうか……？

なにせシャルシャが二週間も私から離れていたことなんて、ファルファとシャルシャと高原の家で暮らすようになってから一度もなかった。心境の変化がないとは断言できない。

でも、怖いから会わないというのは本末転倒だ。シャルシャに会わなきゃ。

会う直前になっても、感情が混乱しているな。

ここまでいろんなことを考えてるのは、本当に久しぶりだと思う。

私はバルフェンさんの家のドアを開けた。

すぐにシャルシャが私のところに飛び込んできた。

「母さん、会いたかった！」

「私もだよ、シャルシャ！」

よかった。私の不安はまったくの杞憂《きゆう》で終わったようだ。

少しシャルシャは涙声のようにも聞こえた。シャルシャだって当然、みんなに会いたくて、この二週間を耐えてきたんだ。

シャルシャは次にファルファにも抱きついていた。うん、美しき姉妹《しまい》愛だ。

そんな私たちの奥にバルフェンさんが土で汚れた作業着でじっと立っていた。

「あっ、バルフェンさん、娘が二週間、本当にお世話になりました」

ここは母親として、しっかりお礼を言わないといけない。

完全に素人《しろうと》の子供を二週間預かるのだから、バルフェンさんも大変だったはずなのだ。しかも、聖杯を造るという大役も同時に行っていた。バルフェンさんにとったら、ボランティアも同然だった。

「聞き分けのよい子だったから、さしたる苦労はなかったぞな。それよりも聖杯を見てほしいぞな」

そうだ、聖杯はどんなものなんだろう？


テーブルの上に、両手で抱える必要がある程度には大きい器が載っている。

見た目はまさに土を焼いただけというものだが、強い説得力のようなものを感じる。

微妙な凹凸《おうとつ》や、曲がったところもある。湧《わ》き出《で》るマグマをそのまま写し取ったのかと思えるほど、器の表面には決して均一なところがない。

それはバルフェンさんのほかの作品とも共通しているけれど、力強さというか、生命力のようなものを感じる。

そして、ただの粘土や土にはありえない光沢が聖杯すべてを覆《おお》っている。

「この光沢は自然にできたものなんですか？」

全然わからないので、率直に尋ねてみる。

「左様。この聖杯に使った粘土は普通の粘土では壊れてしまうような高温でも平気なものぞな。そして粘土の中の成分が溶け出して、全身をコーティングしているぞな。高温で焼き締めているから、わずかな水も漏れることはないぞな」

バルフェンさんも自信があるのか、以前に会った時より堂々としているようだ。

「シャルシャは見ていて感じた。バルフェンさんは作業中も少しも気取ったところや、わざとらしさがない。だから、このような存在感のある器になったと思う」

ニンタンも満足したようで、表情がゆるんでいた。

ニンタンが両手で聖杯を持ち上げる。それを見ているこちらにまで、重量感が伝わってくる。

「素晴らしい！　以前の聖杯とはまったく違うジャンルでありながら、決して劣ることのない力強さがある。バルフェンよ、どんな褒美でも授けてやるぞ！」

今日のニンタンは気前がいいな。

「お金がほしかったら、こんなふうに隠れて作陶もしておらぬので、そうさな、このあたりにたくさん木を植えてほしいぞな。器を焼くには、大量の薪《まき》がいるぞな」

「その程度のことなら、どうとでもしてやろう！　うむ、どこから見ても美しいし、飽きぬぞ！　朕の魔法で入った液体を浄化する力を付与したら、早速神殿に置いてくることにしよう！」

二代目の聖杯もできたことだし、めでたしめでたしだな。

そして、私もシャルシャが戻ってきて、めでたしめでたし。

「シャルシャ、二週間の焼き物体験はどうだった？」

「同じような作業を飽きずに繰り返すところに創造がある、それを学ぶことができた。ひたすらに土を練った先にしか、よい器はない。練りが甘ければ、器を焼いた時に割れてしまう。どんなものも下準備が大切」

シャルシャは元々真面目《まじめ》なので、あまり心情としての変化はないのかもしれないが、いい経験にはなっただろう。

「バルフェンさん、娘のわがままに付き合ってくださって、本当にありがとうございました」

私は改めてお礼を言う。この人の心が広くなければ、シャルシャが二週間も厄介になることなんてできるわけもなかった。

「たいしたことは教えておらぬぞな。気にすることは何もないぞな」

とことん気取ったところがないな。恩に着せないどころか、善意を示したという意識すらないと思う。ここまで聖人君子に近い精霊はなかなかいないんじゃないか。

用が済んだのにずっとお邪魔していてはまた迷惑をかけてしまうので、私たちはこれで辞去することにした。

屋敷を出て、工房の敷地の外へと出ていく。開けたところまで歩いて、そこからライカとフラットルテに乗って帰ろう。

その時、後ろから駆けてくる足音があった。

バルフェンさんだ。もしかして、忘れ物でもあっただろうか？

「シャルシャちゃん、また来るといいぞな！　待ってるぞな！」

もしや、この反応はシャルシャと別れるのが恋しいだけか！

「心得た。必ず、また伺う」

シャルシャも右手を小さく振って、それに応《こた》える。

「約束ぞな！　いざ、さらばぞな！」

バルフェンさんを見ていたら、シャルシャを連れ帰るのが申し訳なく思えるぐらいだ。

「シャルシャ、ママはね、この二週間、そわそわしっぱなしだったんだよ～♪」

ファルファがからかうように、そんなことを言った。

「もう！　ファルファ、あまり余計なことは言わなくていいよ！」

「シャルシャも寂しかった。母さんが寂しいのもわかる」

うん、二週間というのはそういう期間だ。

私の娘はどこに行っても人気なんだなということを再確認した一日になりました。

◇

後日、聖杯が新しいものに代わったという話をギルドのナタリーさんから聞いた。

神官たちが、聖杯が割れているというニンタンの苦情の天啓を受けたという。さらに天啓は、新しい聖杯を用意したから今度こそちゃんと扱うように、また年に一度は選ばれし者だけが聖杯に入れた水を飲むように、と指示をしたらしい。

やけに具体的な指示である。

ちゃんと使用しなかった場合、ニンタンがバルフェンさんにウソをついたことになってしまうので、神様としてはそれはまずいのだろう。

ちなみに私の家にも、聖杯にちょっとだけ似ているカップがいくつか増えている。

まず、シャルシャがバルフェンさんのところにいた時に焼き物体験で作ったカップだ。普段使いには何も問題ないけど、高級そうな感じはない。

一方で、もう一つはバルフェンさんからシャルシャがもらったカップだ。

こちらは素朴なんだけど、はっきりと威厳がある。カップから圧のようなものを感じるのだ……。

もっとも、カップだけじゃないけどね。

「お師匠様、お皿が立派なのも考えものですね」

お皿にサラダを盛っていたハルカラが首をかしげている。

「お皿の力に料理が負けちゃうんですよ。一流シェフの料理とかを盛らないと、料理が浮いて見えます」

人間国宝が作ったお皿を生活に取り入れようとしても難があるということか……。

バルフェンさんはシャルシャにいろんなお皿も渡していた。だいぶシャルシャが気に入ったらしい。

将来、養女にくれとか言われないように気をつけよう……。

竹林ができた

「へ〜、おうちまで届けてくれるんだ〜！」

ファルファがカウンターに何か載っているのを見つけたらしい。

場所は牛乳を売っているお店だ。私はファルファとシャルシャとの買い物の途中である。

牛乳のお店ということは牛乳宅配サービスでもはじめたのかな？

高原の家はフラタ村から少し離れているので、買い物が面倒になる時もある。不便さを深刻に感じたことはないけど、面倒だと思ったことが一度もないと言えばウソになる。

「どうしたの？　宅配サービスでもやってるの？」

すぐに確認できることなのでファルファに尋ねてみる。

牛乳を配達してくれるなら、やってもらおうかな。高原の家は村からはちょっと遠いからエリア対象外かもしれないけど。

「うん！　ママ、見て！　いろいろ届けてくれるみたいだよ！」

「いろいろ？　牛乳以外にもバターとかチーズとか乳製品は全部対象ってこと？」

「違うよ〜。このお店が届けてくれるんじゃなくて、このお店にも届けてくれるみたいってこと」

ファルファの反応だと私は何か思い違いをしていたらしい。

なにはともあれ、そのカウンターの上のものを確認すればすぐにわかる話だ。
そこにはこんなチラシが置いてあった。

「やたらといろんな店がある！」
どういうことだ？　フラタ村にそんなに飲食店はないぞ。知らないうちに一軒ぐらい増えてることはあるかもしれないが、何軒も増えていれば確実にどこかで話を聞くはずだ。
ちょうど、シャルシャがこのチラシのことについて、牛乳の店の店主から聞いていた。あとで教えてくれそうだ。
「母さん、どうやら当日の朝までに届けてほしいリストを店の前のカゴに入れておけば、お昼以降に料理が配送されるシステムらしい。画期的だとは思う」

シャルシャの説明は私が想定していたとおりのものだった。

「あ～。ファルファ、最近、同じようなカゴが置いてある家が多いな～って思ったよ。宅配サービス用のものだったんだね！」

「へえ……便利になったもんだなあ……」

しかし、ここで娘たちのように素直にすごいと言えるかというと、三百年生きてるからか、そうは思えないのだ。

どうも違和感のようなものがある。

「こんなにたくさんのお店、どこにあるんだろう……？　私は知らない。ファルファもシャルシャも知らないよね？」

私の言葉を聞いたシャルシャはそれを店主に質問した。伝言ゲームみたいになっている。答えを聞いたシャルシャがまた教えてくれた。

「お店の場所は村の誰《だれ》も知らないらしい。村にあるのではなさそうということしかわかっていない」

「やっぱりか。けど、料理は届くんだよね。どういうことだろう……。しかも専門店を謳《うた》ってるお店がやけに多いし。こんなところで専門店をやって採算とれるのか？」

言うまでもなく、フラタ村は村というぐらいだから人口もそこまで多くない。

すぐ近くのナスクーテの町を入れても、都会と呼べるほどではない。そんなところで特定の料理にしぼった専門店を開業するのははっきり言ってリスクが高いと思う。

何か裏があるような気がするな。

私はチラシの二枚目以降をめくってみた。

二枚目もいろんな専門店の店舗名が並んでいる。

しかし、なぜか住所らしき場所が一切《いっさい》書かれていない。

宅配中心とはいえ、直接店舗に買いに来てくれるならそのほうが楽だろうに……。

そして何枚目かのチラシを見て、私の疑いは一段階深くなった。

何かまた企《たくら》んでいる気がする……。

あとで確かめに行くか……。

◇

その日の夕方、私はライカとフラットルテを連れて出かけた。

ちなみに全員徒歩だ。空を飛んでもらうほどの距離ではない。むしろ二人がドラゴンになって目立ってしまうことが問題になる。

ちなみに二人とも宅配サービスのことは知っていた。

やはりドラゴンは食べることに関してはアンテナを張り巡《めぐ》らしている。

「勝手に持ってきてくれるのは便利でいいなと思ったのだ。ただ、高原の家までは来てくれないから、意味がないから言わなかったのだ」

「やむをえません。閑静な場所に住んでいるわけですから、そういった利便性はある程度犠牲にするしかないのです。とはいえ、料理をすぐに注文できるのはよいですね。魔族の土地の料理までラインナップに入っていますし」

ラー・メントとカルエーはどっちも魔族の土地にあるラーメンみたいな料理とカレーみたいな料理である。そういった料理はベルゼブブ経由でたまに食べることがある。

フラットルテもライカも宅配を使えたら使っただろうな。

だが、ドラゴン二人が宅配を使用すると、毎月の金額がとんでもないことになりそうだから、エリア対象外なのはよかったかもしれない。

言うまでもなく宅配は物を運ぶ人件費が上乗せされるので、お店で食べたり、購入したりするより割高になるのだ。

「ところでご主人様、この道はフラタ村に向かう道じゃないですね」

フラットルテも目的地がフラタ村じゃないことはすぐにわかったようだ。

「うん。かといってナスクーテの町でもないよ。その間にあるお店に行くの」

私たちは途中で村と町を結ぶ街道に出た。ただの細い道が伸びているだけで店なんてものはほぼないが、一軒だけ例外があるのだ。

そう、前から松の精霊ミスジャンティーはここで喫茶店《きっさてん》を経営しているのだ。

店員は神殿の維持が厳しい各地の神官たちである。どうやら経営自体は好調らしい。

「夕飯前に軽めの一食ですか。我《われ》は大賛成です」

ライカは当然、一食食べるつもりらしい。やっぱりドラゴンは大食いだ……。まあ、確認が済んだらそれぐらい食べてもらうつもりで二人を呼んだんだけどね。

「あのね、今日は少し調査をするから。フラットルテとライカ、どちらか一人は普通に入店して。もう一人はまず私と調査」

「うっ……ここは食事をするお客役がいいですね……」

「いいや、フラットルテ様が定食を食べるのだ！」

しまった！　どっちも食べる役がいいのか！

「あとでどっちでも食べられるから！　少しの辛抱《しんぼう》だから！」

結局、フラットルテがお客役、ライカが私についてくるということになった。

私はお店には入らずに、裏側に回り込んだ。こちらに食材などの搬入を兼ねた裏口があるのは知っている。なにせ、この店で働いたことがあるからな。

「じゃあ、ちょっと透明化の魔法をかけるね。ライカも声はあまり出さないように注意して」

「はぁ……。ミスジャンティーさんはあれでも信仰されている方ですし、いくらなんでも犯罪を行う方ではないと思いますが……。ブッスラーさんなみに商売熱心ではありますけれど」

「その商売熱心なところが変な方向に行ってそうなんだよね」

私はライカと自分を透明にして、人の日に触れないようにした。

そして、ゆっくりとバックヤードから店の中に入る。

調理場では多数の神官がいろんな料理を作っていた。

それだけなら、繁盛している店だなあと解釈もできるのだけど、それにしても人が多すぎる。

今は昼食の時間とも夕食の時間とも違う。

調理場がせわしないのは奇妙なのだ。

「ナスクーテの町、南通りのピーディスさんにカルエー一つ！　カツレツ入りカルエー一つ！　こちら完成です！」

「フラタ村のギルドにから揚げとパンのセット！　あと、野菜ジュースを一つ！　こっちもできました！」

調理を終えた神官たちが配送する料理の名前を復唱《ふくしょう》している。

ああ、やっぱりか。

奥に腕組みしたミスジャンティーがいる。

「では、注文担当の神官さん、行ってきてくださいっス。届ける時はそれぞれのお店の名前を伝えるっスよ！　あくまでそれぞれのお店から来たものっスからね！」

完全に黒とわかった！

私は透明化の魔法を解いて、ミスジャンティーの前に出た。

「こ～ら～！　何をやってるのかな～？」

「わわわっ！　どうしてアズサさんがここにいるっスか？　ここは関係者以外立入禁止っスよ！お客さんなら正面から入ってほしいっス！」

「その立入禁止の場所でよからぬことをしてるよね？　こういうのはよくないよ」

「私はただ……便利な宅配サービスのビジネスを考えただけっス……。地域のお役に立ってるっス……」

うん、宅配の部分までは罪ではないし、むしろ助かっている人もいるだろう。

しかし――

まだ透明状態のライカがあきれた顔でチラシを見つめていた。

私が牛乳の店で見た、あのチラシだ。表情からすると、ライカもよくないところに気づいたんだろう。

私はそのチラシを少しお借りする。

「あのさ、どうして専門店の名前が列挙されてるのに、作ってるのが全部ここの厨房《ちゅうぼう》なのかな？　ここは喫茶『松の精霊の家』だよね？　ラー・メント専門店『麺屋大祭』でもカルエー専門店『ゾウの神』でもないよね？」

つまり、ミスジャンティーはお客さんが直接店舗で宅配の注文をしないのを利用して、存在しない架空の店の名前を使って商売をしていたのだ。これは大問題だぞ。

「その点は、だ、大丈夫っス！」

ミスジャンティーは左手を左右に振った。まさか、こんな専門店が実在してるのか？

「実はこの厨房が『麺屋大祭』でも『ゾウの神』でもあると考えれば、何も問題は起こらないっス！　理屈の上では平気っス！　なので詐欺《さぎ》には当たらないっス！」

あっ、これはダメなやつだ。

「理屈が通っても道義的にアウトでしょ！　じゃあ、問題がないと言うなら、店の名前が並んでるチラシに同じ住所をずらっと並べられる？」

「それは…………困るっス！　手口がバレるっス」

「手口って表現してる時点で完全にアウト！」

「……ここは一旦《いったん》退散するっス」

いきなりミスジャンティーは私が入ってきた通路から逃げだそうとした。

都合が悪くなったから出ていくってことか。だけど、そこには——

透明状態のライカが立っているのだ。

「悪いですが、もう少しお話を伺わせていただきたいですね」

「ぶふっ！」

ライカにぶつかったミスジャンティーは吹き飛んで倒れた。

なかなか勢いつけて、走っていたのでその反動も大きかったらしい。

もちろんライカはびくともしていないので、体の鍛《きた》え方の違いみたいなものがよくわかる。

「うう……いいアイディアだと思ったっスが……こうもあっさり足がつくとは……」

「さっきから後ろめたいことって自覚のある表現ばかり出てるんだよな……」

ひとまず、謎《なぞ》の宅配サービスの正体はわかりました。


そのあと私とライカもフラットルテが座っている席に移動して、そこでミスジャンティーから説明を受けた。夕方のせいかお店もすいているので、店長のミスジャンティーが席に座っていてもそんなに目立たない。

「元々は売り上げが下がる時間帯にも効率よく稼げる方法はないかなと考えた結果、近場に届ける

「うん、そこまではセーフ。たしかにここの立地ならフラタ村にもナスクーテの町にも届けられるしね」

この世界、少なくともこの地方は町や村の外側にはほぼ人は住んでいない。高原の家はかなりの例外だ。

人が住んでいるエリアはコンパクトに集約されているから、注文のチェックや配達は割とやりやすいはずだ。通信技術がなくても、こういう商売は成り立つだろう。

「でも、どうせならいろんな店舗から料理が届くということを売りにしたほうが目立つし、毎日のように違うものを注文する層も獲得できると思って、こういう形にしたっス」

「そこが大問題！」

なお、ライカとフラットルテは注文した料理を食べているので、しばらくしゃべらなそうだ。手ごね焼きというハンバーグ的なものを食べている。夕飯の前にハンバーグを食べるのはいかにもドラゴンらしい。

「とにかく、人を騙《だま》してるような要素があるなら、喫茶『松の精霊の家』の営業も認めないからね。店の継承を許した私も変な目で見られかねないし。最低でも店舗名は全然違うものに変えないとダメ」

「うっ……それはマイナスが大きいっス……。この土地でアズサさんから否定されたというのはイメージダウンが著《いちじる》しいっス……」

「そしたら、同じ厨房で調理してるって旨《むね》は利用者に連絡すること。いい？」

「やむをえないっス……。営業を続けていくためには背に腹は代えられないっスね……」

ミスジャンティーが公表を認めたのでこの件はこれで解決だ。

はっきり言って、こんな狭い範囲でいくつも専門店の名前を並べていれば、いずれどこかでバレたと思うけどね……。だから、早目に自分からシステムを公表するほうが印象もいいと思う。

「そうだ、このお店でもラー・メントは注文できるのですか？」

「フラットルテ様はから揚げ大盛りを注文したいぞ」

ドラゴン二人が追加注文を求めた。

「この喫茶店のメニューにはないっスが、作れる神官はいるので大丈夫っス。じゃあ、この機会に喫茶店のメニューにも加えるっスよ」

なんか、この喫茶店、将来的にファミレスへと進化していきそうだな……。

これで懸案のほうは解決したが、こういうのって解決したからすぐ解散ということにはならず、そのまま雑談になった。

そもそもドラゴン二人が追加注文をしたので、まだ帰れない。なお、私はお茶だけを飲んでいる。ケチっているのではなく、夕飯前なのだ。

「それにしても、ミスジャンティーは本当に松の精霊らしくないことで稼ごうとしてるよね」

腐っても精霊なんだから、お金を稼ぐ手段は何かありそうだと思うけど。

「一応、精霊としても新規開拓の志《こころざし》はあるんスよ。フラタ村から見て、高原の家のさらに一つ奥の丘の土地を取得したので、ちょっと実験をする予定っス」

高原はちょっとした高さの丘がいくつもある。私の住んでるところと景色に変化がなさそうだから、めったに行かないけど。

「ということは松を植えるつもりなんだね」

松の精霊が広い土地を手にしたというのはそういうことなんだろう。

州全体を松で覆《おお》い尽くすみたいなのは困るけど、そうでなければ法の範囲内ならばミスジャンティーに任せたいと思う。

「いや、松を生やすつもりはないっス。あくまでも実験っスね。実験のための投資なんで失敗しても、その時はその時っス」

ミスジャンティーはチャレンジ精神だけはある。

うじうじしてるよりはるかにいいけど、問題はそのチャレンジの内容にまずいものが含まれていることがある点だ。

「先に言っておくけど、犯罪行為が混じっていた場合、擁護しないからね？」

「人聞きが悪いっス！　私だって犯罪まではやらないっス！　今回の専門店を名乗る作戦も法には触れてないっス！　ギルドに所属しないと専門店を名乗れないみたいなことはないっス！」


「そういうとこだぞ」

グレーゾーンなら何をしてもいいって発想は捨ててほしい。

まあ、犯罪にならないように注意して判断しているようだから、犯罪をやるということもないだろう。

その時、ラー・メントとから揚げ大盛りが出てきた。

見てるだけで夕飯前から胃もたれしそうだったけど、ドラゴンは平気でたいらげました。

◇

宅配サービスのからくりが知られるようになっても、フラタ村でもナスクーテの町でも大きな混乱にはならなかった。

ナスクーテの町で働いてるハルカラいわく、なんとなく察していた利用者も多かったとのこと。

まあ、何度も使っていれば、このお店はどこに存在するのかという疑問は生まれそうだ。

現在は喫茶「松の精霊の家」の宅配サービスとして利用されているようだ。従来の専門店を騙《かた》っていたメニューはすべて存続しているので、異常にメニューの多い喫茶店になっている。

さて、宅配サービスの謎も解《と》けて、しばらく経《た》った頃。

お昼にミスジャンティーが高原の家にやってきた。

「隣の高原に林ができたので、よかったら見てほしいっス」

そう言えば、前にそんなことを言っていたな。

「それじゃ、散歩がてらに家族揃《そろ》って行こうかな。今日はハルカラも休日だし」

私たちはミミちゃんも含めて、ぞろぞろと隣の高原を目指して歩いた。

もちろん歩いたことだけならあるが、フラタ村と逆側に行くことはかなり珍しい。

理由は単純で、集落も施設も街道も何もそっち側にないからだ。

当然、ひたすらまっすぐ突っ切っていけば、どこかには到着すると思うけど、そんなことをする人は普通いない。

「ところであんな何もないところに、何を作ったんですかい？」

ロザリーが顔のほうを下にした姿勢で浮きながら、ミスジャンティーに尋ねる。

「それは秘密っス。どうせなら見て驚いてほしいっス」

「何もないところに作ったんだろ？　何もないところに作ってちょうどいいものっていうと、あれしかねえんだよな。じゃあ、答えを聞いたようなもんだな」

ロザリーは何があると考えているんだろう。

「空き地の有効活用といえば、やっぱり墓だよな」

「墓ではないっス！」

即座にミスジャンティーが否定していたが、一理ある回答だなとは思った。都市のど真ん中に霊園を作ることはないからね……。

高原の道はわずかなアップダウンを繰り返して続いている。

やがて、けっこう急な下り坂になる。これをそこそこ下ってまた上っていくと、そこが丘になるというわけだ。

「この角度からだと見えづらいっスが、回り込むように下ってもらえれば、ちょうど林がはじまるあたりに到着するっス」

私たちは言われたとおりに歩く。それなりに下ったからそろそろ上りだなというところで、なだらかに続く丘の先に特徴的な植物がびっしり生えているのが目についた。


「これは――竹かっ！」


眼前には竹林が広がっていた。

竹が日本だけに生えてたってことはないだろうけど、なんというか和風な雰囲気は感じる。

「アズサさんはお詳《くわ》しいっスね。竹という植物の管理をここで行うことにしたっス。なぜか竹は松に近しいものを感じたっスよ」

それは松竹梅だからでは……。いや、そんな概念、この世界にはないな。

「この竹は遠方の土地由来の植物っスが、なかなか馴染《なじ》んでる気がするっス。このあたり一帯を竹林にしたいなと思ってるっス」

ファルファとシャルシャはすぐに竹の真下に行って、節を眺めたり、見上げたりしていた。

「面白《おもしろ》い植物だね～♪　やけにツルツルしてるよ～」

「幹はかなり硬い。叩《たた》いた様子だと、中は空洞であるらしい。これは工芸品にも活用できそう」

シャルシャが鋭いことを言っている。たしかに有効活用できそうな植物ではある。

一方で、サンドラは恐る恐る竹に近づいていく。同じ植物だからといって、すぐに仲間というふうには思えないのだろう。

「こいつ、やけにしっかり根を張ってるわね。この土地を独り占めにしてやるっていう貪欲《どんよく》な精神を感じるわ。ほかの植物のことはちっとも考えてないわね……」

そういや、竹林ってとにかく竹ばかり日立ってたけど、ほかの植物には不利な環境だったんだろうか？

ミミちゃんは太い竹に飛んでいって、幹をガシガシかじっていた。かじることで歯の調整をしてるみたいだ。

「松の次は竹か。なかなか面白い趣向じゃないかな」

私限定の感想だけど、なつかしさを覚える光景が近場にあるのは悪いことではないし。竹が風にそよぐと涼しげでもある。

ミスジャンティーも少しドヤ顔をしている。これは精霊らしい仕事と言ってもいいだろう。

だが、サンドラを別にすると予想外の反応をしている家族が一人いた。

「げぇっ……この植物ですか……」

ハルカラは渋い顔をして、竹林のほうを見上げていた。

この様子からすると、商売で各地を回っていただけあって、竹も知っているらしい。

「ハルカラは竹で困ったことでもあったの？」

ハルカラは誰が見ても嫌そうな顔をしていた。たしかにエルフは森に住んでるイメージはあるけど、竹林に住んでるところは頭に浮かばない。

「ああ、五十年ほど前のことなんですけど、苦《にが》い記憶がありましてね」

そう言いながらハルカラは竹林に入っていく。私もそれに続く。

十メートルほど歩いたところでハルカラは足を止めた。

「この植物、ああいう生え方をしてくるんですよ」

ハルカラが地面のほうを指差す。そこにはいわゆるタケノコが生えてきていた。

「タケノコだね。若い竹だ。それがどうかした？」

「この植物、若いうちだけは食べられるんですよ」

私はもちろん知っている。タケノコが大好きというほどではなかったけど、筑前煮《ちくぜんに》に入っていたりした。

「『焼いてエルヴィンを垂《た》らすと美味《うま》いもの大会』で、若い竹がなんと優勝候補のキノコを破るということがありまして……それ以来、キノコの大敵として勝手に避けているんです」

「理由が特殊だな！」

「いや～、どうせキノコが優勝するでしょって空気のところに、いきなりクリーム色の得体の知れない食材がやってきて、優勝をかっさらっていきましたからね。おかげで竹というと、キノコを脅かす食材という印象が強いんです」

ハルカラの言葉のせいか、私の頭にもキノコとタケノコが激しくぶつかるイメージが浮かんだ。

あれ、こういうの、前世でも見た覚えがあるな……。もしや、これって……。

「ある意味、キノコ・タケノコ戦争！」

「キノコ・タケノコ戦争？　それはおおげさにもほどがありますよ～。ただ、竹の子供だからタケノコというのはかわいい言い方ですね。キノコも昔は木の子供って思われてたんですかね」

「ああ、うん……。戦争というのはおおげさだとは思うけど、まさかこんなところでキノコとタケノコの対決があるとはなって思って……」

「もしかして、キノコとタケノコの対決ってそんなに根深いものなんですか？　お師匠様は物知りですね～」

「いや、知識量はあんまり関係ないから気にしないで……」

私の頭の中ではキノコ型とタケノコ型のチョコレートが激しくぶつかっていた。

「たしかに私もその時、竹の子供――タケノコを火であぶったものにエルヴィンを垂らしたものを試食しましたが、大変おいしかったのを覚えています……。どうやらタケノコ自体は灰汁《あく》抜きが必要らしいのですが、本当に新鮮なタケノコはえぐみがなく、いきなりあぶって食べられるとか。悔《くや》しい！」

ハルカラの反応を見るに、それなりに堪能《たんのう》してた気がするんだけど、そこで悔しいという気持ちになるあたり、ハルカラは本当にキノコが好きなのだと思う。

ハルカラが好きというより、「善《よ》い枝侯国《えだこうこく》」のエルフはキノコ好きが明らかに多いんだよな。厳密にはキノコは植物ではないけど、どっちかといえば菜食主義のエルフにとっては植物のカテゴリーに入ってるのだろう。

と、後ろから「そうっス！　竹の子供がおいしいんスよ！」というミスジャンティーの声がした。

後ろを見ると、すでに網の用意をしている。いつのまに。精霊はものを突然どこからか持ってくることがある。

「まだ土の中に埋もれていた、できたばかりの竹の子供を収穫してるっスよ。これは絶妙にコリコリして、おいしいっス！　ぜひご賞味くださいっス！」

おお、これはおいしそうと思ったんだけど、娘は食欲より疑問が先に来たらしい。

シャルシャが首をかしげた。

「ミスジャンティーさんに問いたい。この植物はあまり詳しくないが、最近竹を植えたとすると、いくらなんでも成長が早すぎる。そこで若い竹が新たに生えてくるとすると、さらに早すぎる気がする。もしや、以前からここに生えていた？」

シャルシャの指摘はもっともなものだった。

そういや、ここって昔から竹林だったわけじゃなくて、ここ最近、突如出現したことになってるんだよな……。となると、タケノコの収穫も無理がある気がする。

すると、ミスジャンティーがやたらと胸を張った。

「これでも松の精霊なので、そこは精霊の力でなんとかしたっス！」

「なんだ、精霊の力って……。いや、精霊ならそれぐらいはできるのか……？」

いろんな専門店を名乗るというセコい真似《まね》をしていたことが記憶に新しいので、すごさをアピールされても信じづらい。

「どんな植物でも自由自在に生育させるのは無理っスよ。ただ、偶然《ぐうぜん》、竹は松みたいに比較的に自由に扱えたっス。いろいろ試してみるべきっスね。松の精霊だから松しか管轄できないとは限らないっス」

それって、マジで松竹梅はすべて守備範囲なのでは……？

あるいは松が松竹梅の中で最上級だから、松の精霊は松より下位の竹と梅も扱えるんだろうか？

「とにかく、食べてみてほしいっス！　きっと食べたことのない味だと思うっスよ！　珍しい食べられる木っスよ！」

そうまで言われたら、食べないわけにはいかないだろう。

私たちはミスジャンティーがタケノコを焼くのをゆっくりと待っていた。

「もしかして、ミスジャンティー、タケノコを作るのがメインで竹林を用意したの？」

その場合、竹林はいわばタケノコ用の畑みたいなものだ。

「いや、そういうわけではないっス。もちろん私の精霊の力もあるっスが、竹の生命力はやたらと強くて生えてきすぎるぐらいっス。で、竹の子供が食用の地域があることも聞いてはいたっス」

そういえば竹って簡単に生える印象はあるな。

網焼きのタケノコからジュ～ジュ～といい音がしている。

その上にミスジャンティーがエルヴィンをかけた。

「何か目立つ場所を作っておけば、将来的に使えそうじゃないっスか。いろいろ試してどれか当たればそれでいいっス」

「いろんなことを試すっていうのは間違いではないな。たしかに何が当たるかなんてわからないしね」

「そうっス。喫茶店も宅配サービスも松の精霊と何も関係ないっスが、それなりに成功してるっス。それを思えば、まだ竹は松の精霊に近い分野だからより楽にどうにかできるはずっス」

「たしかに、分野としてはまだ近いな……」

「でも、この竹の子供にもポテンシャルはあると思うっスよ。そろそろ、焼き加減はいい感じっスね」

タケノコが小皿に取り分けられた。

おお、本当に久しぶりに食べるタケノコだ。その味はいかに？

「………これはお酒がほしくなるやつだっ！」

絶妙の香ばしさがある焦げ目《こめ》と、若いタケノコならではの甘さがほどよくマッチしている！

ハルカラもきっと納得するだろうと思っていたら――

「はい、お酒っス」

「ありがとうございま～す。いやあ、昼からいいですね～」

本当にお酒を飲んでる！

「お師匠様、キノコもタケノコも焼くとお酒に合う――不肖《ふしょう》ハルカラ、それを学びました！」

それだけ聞くと、ろくなことを学んでいないように思える。

「まっ、このタケノコがおいしいのも、お酒がほしくなるのもわかるけどね。酔いつぶれないようにしてね」

「ここ最近は比較的節制できてるので、大丈夫です。不肖ハルカラ、お酒はほどほどにということも学びました」

「もっと早く学ぶべきだったと思うけど、意識改革できたことは偉い」

ハルカラがお酒の量を気にして飲むようにしているのは確かだ。

「食感がなかなかよいですね」

「腹にはたまらないけど、味は悪くないのだ」

ドラゴン二人からもいい反応をもらえている。

問題は娘たちがどういう反応をするかだけど……。

「食べたことのない味だけど、おいしいよ！」

「不思議な食べ物。木の仲間だけあって繊維質が豊富」

ファルファとシャルシャも、木の実をかじるリスみたいに少しずつタケノコを食べていた。口に合わないというわけではないようだ。

といっても、このタケノコが採れたてのものというせいも大きいだろう。タケノコは時間が経てば経つほど食べづらくなるのだ。

元々、硬い竹になる前のものだからというのもあるし、みずみずしいタケノコでも放置しておくと、すぐにまずくなってしまう。前世でも近くに産地がない場所では、缶詰めで売られてることも多かった気がする。

時間が勝負の食品なので、こういうすぐに食べられるシステムは味を維持するのには最適だ。

ミスジャンティーは今度はタケノコをフライにしてくれた。こちらもタケノコの甘味が引き立ってなかなかおいしい。

野趣あふれる食べ方でも存分に楽しめるという点では、キノコにちょっと似てる気がするな。ハルカラがキノコと比べたのもわかる。

「この様子だと、食材として本格的に使えそうっスね」

ミスジャンティーは空き時間にささささっとメモを取っている。なんだかんだで勉強熱心ではある。

「竹料理専門店なら本当に出店できそうっスね」

それは本当に世界初になるかもしれないな……。

「はっきり言っておいしかったよ。この土地ではほぼ未知の食材だからウケるかはまだわからないけど、食材として広めていく価値はあるんじゃない？」

「はい。これは思わぬ収穫っス。ですが、さっきも少し言ったっスが、竹を植えている理由は別に食用というわけじゃないっス」

そういや、食材にもなるという話を聞いていたから、試してみたといったような話をしていたな。

ミスジャンティーにとってもタケノコはなじみのない食材だったはずだ。

「なので、試食のあとはメインの目的のほうを楽しんでほしいっスね」

「メインの目的？」

ミスジャンティーは竹林の側に右手を伸ばした。

「竹林の中の散歩は、普通の森の散歩とは全然違う感覚になるっス。リラックス効果もあるっスよ！」

「ああ、それはあるかも。一般的な森とは別物だよね」

「そうっス。日々の仕事で疲れた心を落ち着ける場所として認知されれば、人も集まると思ってるっス。最終的には観光地化を目指してるっスよ！」

「観光地化か。たしかに集客ができればお金も稼げるよね」

不思議なまっすぐの樹木の森があるという話が広がれば、わざわざ訪れる人もいるかもしれない。

私の家族はライカやフラットルテに乗れるので例外的だけど、この世界は飛行機や電車が走ってるわけではないので、旅のハードルが高い人も多い。

竹林をこの目で見たことがない人のほうが圧倒的多数のはずなのだ。

「隣の州ぐらいからなら、見物に来る人がいてもおかしくないかも」

「そういうことっス。すでにその準備はしていて、精霊の人脈を使って、竹林の周囲は外部からの侵入を受けないような結界も張ってもらったっス。この竹林で斜陽《しゃよう》のミスジャンティー神殿を復活させるっスよ！」

今回のミスジャンティーの計画はかなり本格的で壮大なようだ。

成功かどうかの判断はまだ時間がかかると思うけど、上手《うま》くいくことを願いたい。

「そしたら、私もせっかくだし竹林の散歩に出るかな」

「ぜひ、あとで感想を聞かせてほしいっス！」


すでにファルファとシャルシャなんかは竹林に分け入っていた。

私ものんびりとマイペースに竹林に入る。

たしかに竹林の光景は見慣れた高原の雰囲気と著しく異質だった。

元々、高原は静かなんだけど、静かなことをいちいち実感することは少ない。それが完全に日常であり、当たり前のものになっているからだ。

しかし、竹林は静かな空気が周囲に充満しているみたいに、静寂というものを強く認識させるのだ。

おそらく、完全な無音ではないからだろう。わずかな風でも竹の葉がそよぐ音がする。それがかえって、ほかに何の音もないことを教えてくれるのだ。

「ここは修練の場にはちょうどよいかもしれませんね」

ライカは一本の竹に手を当てて、じっと目を閉じていた。

「精神を鍛錬するにはライカにとってもいいかもね。集中はできそう」

少し散歩するだけでも気分転換になる。

「しかも、右を見ても左を見ても竹林が続いているというのもいいですね。異界に飛ばされたような気持ちです」

「その気持ちはわかる。ここまで広い竹林に行こうとしたら、ライカでも長時間飛ばないといけないはずだからね」

「では、迷う前に我はそろそろ戻りますね」

「だね。方向感覚はわかりにくくなりそうではあるね」

竹林の入口は斜面という感じなのだけど、少し奥にまで分け入ると、明確なアップダウンみたいなものもなくなってくる。丘といっても、かなりなだらかなのだ。おかげでどちらに進めばいいのか混乱してくる。

迷う人が出ないようにするには、はっきりと順路みたいなものをロープを張って作るべきかもしれないけど、それはそれで興醒《きょうざ》めな気がするし、難しいところだ。

だが、タケノコを食べた元の場所まで戻ってきた時、ロザリーのこんな一言を聞いた。

「あれ、ハルカラの姉御《あねご》がいねえな」

そういえば、ハルカラの姿だけがない。

サンドラがだらんと手を挙げた。

「ハルカラなら、けっこう奥まで入っていくのを見たわよ。おいしそうな竹でも探そうとしたんじゃないの？」

「マジか……。じゃあ、迷ってる危険はあるな……」

「それはよくないっスね。私も油断すると、すぐにどのあたりにいるかわからなくなるっスよ」

いや、ミスジャンティーは管理側だから、それはダメだろと思うけど、今はそんなことを言ってる場合じゃない。

ファルファが「ハルカラさーん！」と呼んでるけど、返事はない。

「軽く空を飛んで、竹の上から呼びかけるよ。それなら声も聞こえるし、正しい方向に誘導もできる」

しかし、私が竹のてっぺんのあたりまで浮き上がった時に、魔女の帽子がぐにゃっとなる感覚があった。

「見えない壁みたいなのがあるぞ。あっ、そうか、防犯用の結界を張ってるって言ってたな……」

結界の真下を進んでいくこともできるけど、位置がわかりづらいな。できれば、もうちょっと効率のいい方法をとりたい。

地上では、探しにいこうとするシャルシャをファルファが止めていた。

「ダメだって！　シャルシャまで迷っちゃうから！　ここは勢いだけで行動しちゃいけないって！」

ああ、じっとしていられなくて、動こうとしている家族も出だしている。

早目に効率のいい捜索計画を立てないと。

私は合流するために、一度高度を下げた。

そんな時、何かがぴょーんと竹林のほうに飛び出すのが見えた。

なんていうか、野生動物的な動きだった。

でも、野生動物にしては長い舌が出ていた。

「あれは、ミミちゃん！」

ミミちゃんが竹林の中に突っ込んでいる！

「ママー！　ミミちゃんがどっか行っちゃう！」

「これは追いかけたほうがいい！」

ファルファとシャルシャも慌てている。

「追いかけてもいいけど、全員で追いかけてね！　でないと迷子が増えちゃうから！」

私も地上に戻ると、すぐにミミちゃんをみんなと一緒に追いかけた。

まさか竹林の環境にあこがれて逃げようとしてるとは思えないけど、このままにもしておけない。

ミミちゃんはたまに竹に激突したが、そんなことも気にせず、どんどんジャンプを繰り返していく。

「走ればすぐに追いつけるけど、竹が邪魔で走りづらいのだ！」

フラットルテが文句《もんく》を言っている。たしかに奥のほうは竹の密集度が高くて、速度も出しづらい。

身体能力が高いフラットルテでもミミちゃんを捕らえられていない。

「できれば、そろそろ止まってほしいね。ほんとに私たちまで迷子になっちゃう……」

まだ日中なのに、竹林の中は案外薄暗い。迷うと、途端に心細くなりそうだ。

これ以上の深入りはしたくないなと思ったその時――

ミミちゃんがジャンプしている方向から――

「皆さ～ん！　どこにいるんですか～！」

ハルカラの声が聞こえてきた！

ということは、ミミちゃんはハルカラを追っていたのか！

「ねえ、ママ、ミミちゃんってハルカラさんの匂《にお》いがわかるのかな？」

走っていたファルファに質問された。

「どうなんだろ……。でも、ミミちゃんがハルカラに気づいていたのは間違いない気がするね」

ミミちゃんはほぼ迷いなく一直線に進んでいたのだから。

ハルカラもミミちゃんと私たちに気づいたようだ。手をぶんぶん振っている。

「あっ、よかった！　今から帰りますよ～！」

そして、ミミちゃんはそんなハルカラの――

振っている手に噛《か》みついた。

「いたーっ！　ミミちゃん、痛いですーっ！」

「わわわっ！　えらいこっちゃ！」

私がすぐに回復呪文《じゅもん》をかけたので、大きな問題にはなりませんでした。

◇

そのあと、元の場所まで戻る途中にハルカラから聞いたが、ハルカラはごく普通に奥に入り込みすぎて道に迷ったらしい。

「エルフが森に迷うというのもどうなんだろ」

「だって、こんな森は地元にはないですから！　どっちに行っても竹だけなんで位置が覚えづらいんですよ！」

ハルカラは手近な竹をこんこんと拳《こぶし》で叩いた。

「やっぱり、竹は敵な気がします」

「竹は敵になる気はないと思うよ……。それはそれとして、今日はミミちゃんに感謝しなきゃね」

ハルカラの横をミミちゃんが小ジャンプでついてきている。

おそらくミミちゃんはハルカラを大切な飼い主だと認識しているのだろう。

「そうですね。ミミちゃんのおかげで見つけてもらえま――いたっ！　いたたっ！」

今度はハルカラの足にミミちゃんが噛みついていた。

「なつかれてるのかどうか、判断しづらい！」

「どっちでもいいですから、回復魔法をお願いします！」

ペットを飼っていると、ペットに助けられることもある。

でも、ペットはあくまでも気まぐれなので、その点も注意しなきゃな。そんなことを思いながら、ハルカラに回復魔法をかけた。

竹林には出入り口を示す最低限の目印をミスジャンティーにつけてもらうことにしました。

終わり

レッドドラゴン女学院
Red Dragon Women's Academy
スライム倒して300年、
知らないうちにレベルMAXになってました
—スピンオフ—
Morita Kisetsu
森田季節
illust. 紅緒

激突！　生徒会対決！

Red Dragon Women's Academy

我《われ》が第二生徒会なるものを知った翌日の昼休み、生徒会の面々はひとまず生徒会室に集まりました。

生徒会室はいつもより、ずいぶんとがらんとしているように感じられました。

なにせ、人数が二人も少ないのですから。

一人は第二生徒会なるものの会長を名乗ったカラシーナさん。罪《つみ》が発覚して、ここに来ることはないだろうと思っていましたが、そのとおりでした。

「第二生徒会と一緒に、こっちの副会長も兼任してくれたらええのになあ。仕事が増えて、こっちは大変やわ。これこそ最大の生徒会向けの攻撃やん」

トキネンさんはそんな愚痴《ぐち》をこぼしています。業務量が増えたことは事実なので、ちょっと厄介《やっかい》です。

もう一人は昨日、カラシーナさんに敗《やぶ》れたセイディーさんです。

こちらは家から召使いの方がやってきて、セイディーさんが体調不良のため、数日欠席するという旨《むね》を伝えてきています。

純粋に敗北のショックなのでしょう。無理に連れ出すわけにもいきませんし、生徒会は二人も欠いた状態で進めるしかありません。

全員がてきぱきやらないと本来の業務に支障が出ます。

なので、本格的に生徒会で話し合う時間もとりづらいのです。

エティグラさんは、

「いっそ通常業務は休んでもいいのではありませんこと？」

と提言されましたが、あとの業務量の増加が怖いのか、結局、みんな手を動かしていました。

「副会長は卑怯《ひきょう》だわ。本人は褒《ほ》め言葉だと受け取るかもしれないけど」

リクキューエンさんが書類のチェックをしながら、ひとりごちます。

「会長の光線は周囲に被害が広がりやすいものだもの。校舎裏で使えば、校舎に被害が出るから、使用はためらうでしょう。まず、会長を倒すことを計画に入れていたんでしょうね」

「だと思います。小競《こぜ》り合《あ》いを起こさせていたのも、セイディーさんを苛立《いらだ》たせるためということのようですし」

我も書類の記入内容をチェックしながらしゃべります。

お互いに相手の顔を見る余裕はありません。

今のところ、生徒会は後手に回っています。第二生徒会なるものの存在が明確になったとはいえ、それ以上のことは何もわかっていないのです。

「すでに副会長造反《ぞうはん》という話は噂《うわさ》として広がっているようですね。我も廊下で二度ほど聞きまし――」

その時、窓の外で何かが起きているのが見えました。

といっても、乱闘事件のような殺気立った空気とは違います。

生徒の一人が何かビラらしきものをばらまいているのです。

庶務のエティグラさんが「生徒会に無許可でのビラまきは禁止ですわよ」と言って、窓を開け放って、外に出ていきました。

二分もしないうちにドアのほうからビラを持ったエティグラさんが戻ってきました。

「第二生徒会設立のお知らせというところでしたわ」

エティグラさんはテーブルの中央にそのビラを置きました。


私たちは第二生徒会です。

女学院の飛び地である同窓会館を拠点にして活動しています。

私たちこそ、生徒会にふさわしい力を持った存在だと自負しております。

少なくとも、生徒会室にこもっている、弱虫な生徒会よりはその資格があるでしょう。

気に入らない方があれば、どうぞ向かってきてください。

第二生徒会　会長　カラシーナ

「こ、これは……完全な宣戦布告《せんせんふこく》ではないですか……」

我はそのビラを見て、愕然《がくぜん》としました。

早くも敵は仕掛けてきたのです。しかも、自分たちの拠点まで示して。

「廊下にもビラはまかれているようですわ。女学院中が、当面、この話で持ちきりでしょうね」

エティグラさんがそう言って、ドアを大きく開けました。たしかに廊下からの「第二生徒会ってどういうこと？」なんて声が室内にまで入ってきました。

「今の生徒会は秩序が保《たも》ててないっちゅう、会長の危惧《きぐ》がある意味、正しいもんになってもたってことやなあ。放課後になる頃には全校生徒が第二生徒会って言葉を知ってはるわ」

トキネンさんがお手上げというように、首を振りました。

「早急に生徒会として指針を決めないといけないけど、昼休みじゃ無理でしょ。放課後に本格的に話し合いいね」

リクキューエンさんの言葉に誰《だれ》も異論はさみませんでした。

我もお昼の時間を使って、自分なりの結論を出さないといけませんね。


放課後、生徒会室に向かう足が重いのを感じました。

そんなに簡単にいい案が出れば苦労はしないのです。ほかの方も含めて、生徒会は意見を出せずに沈黙していました。

一方で、第二生徒会の話は見事に拡散していました。休み時間、我もヒアリスさんにこんなことを尋ねられたぐらいです。

「あの、姉者……もし第二生徒会から命令みたいなものが発せられたら、一般生徒は従わないといけませんの？」

ヒアリスさんの悩みももっともです。生徒会を名乗る組織が二箇所あったら、誰だって困惑するでしょう。

その場ではヒアリスさんに、

「生徒会は生徒会室にあるものです」

と答えましたが……そんな言葉も生徒会室が信頼されていなければ、意味を持たなくなってしまいます。

早いうちに決着をつけないと、女学院の様々な活動が滞ることになりかねません。このままでは申請書をどこに提出していいかすらわからないのですから。

なのに、誰《だれ》も口を開こうとしません。

もちろん、我もです。

なぜ、こんなことになっているのか。理由は簡単です。

会長も副会長も同時に不在になってしまったからです。

会長が政務を行えないことぐらいは、いくらでも考えられるでしょう。そんな場合、副会長が代行することになっています。

ですが、会長も副会長も同時にいなくなったケースまでは想定されていないのです。

少なくとも、会長代行を決めないことには、会議を開くこともおぼつきません。

「こんな時ですけれど……お茶を用意してきますわ」

エティグラさんは給湯室に立って、いつものようにお茶を持ってきましたが、その間も無言が続くだけでした。

やけにカップの数が多いのでトキネンさんも手伝っていましたが、結果、人数より二人分多いカップがテーブルに置かれました。

先を見通すことにかけて右に出る者のいないエティグラさんがそんな初歩的なミスを犯すのですから、相当なことですね。

はっきり言って、やらなければいけないことはわかりきっています。


事態打開のためには第二生徒会を倒すしかないのだと。


ですが、それはあまりに重い責任が伴います。それで万が一、生徒会側が敗北してしまえば、女学院は完全に第二生徒会の支配下に入ってしまうでしょう。

レッドドラゴン女学院の生徒会には力が必須なのです。

戦いに勝てない生徒会など、誰も認めようとはしません。

絶対に、生徒会の存続を懸けた戦いになる。

カラシーナさんもそれをよくわかっていて、このような策に出たのでしょう。

しかも、我たちの生徒会を倒して成立した第二生徒会は、戦いを勝ち抜いて生徒会になったわけだから、生徒に実力を侮られるということもない。

カラシーナさんの策は敵ながらあっぱれです。

女学院全体が混乱する責任をつゆほども感じないなら、これほど効果的な手段もないでしょう。

我もこんな経験は初めてでした。

今までだって勝てるかどうかわからないギリギリの戦いは何度もありました。ですが、それは我と相手との一対一の対決ばかり。敗北の苦しみは我が味わえばいいだけのものでした。

ですが、この勝負は女学院全体の影響が大きすぎま――

「いいかしら」

リクキューエンさんが、さっと手を伸ばしていました。

誰もが目で、同意を示します。

会長代行として指揮をとるとおっしゃってくれるのでしょうか。それなら、少なくとも議論は進められます。

リクキューエンさんの瞳《ひとみ》が我を射止めました。

「ライカさん、あなたが会長代行をやって」

「えっ？　ここで推薦ですか⁉」

反則ではありませんが、突然押しつけられても心の準備が……。

「理由はあるわ。会長も副会長もいなくて、臨時の指導者を誰にするかでみんな困っているわけでしょ」

それは誰もが同意するところです。そして、代行とはいえ、会長をやりますなんて誰も言いたくないのです。

「なら、前の生徒会長に勝ったことのあるあなたは有力な候補よ」

「………うっ」

我は言葉に詰まりました。反論しようと思ったのに、言葉にならなかったのです。

たしかに生徒会長に勝利したという事実は、実力の指標にはなりえますね……。

ですが、これは雑用を押しつけられるのとは意味が違うわけで……。

その時、扉が勢いよく開きました。

「会長代行をやりなさい、ライカさん！」

そこに入ってきたのは会長のセイディーさんでした。

セイディーさん、女学院には来られるほどには回復していたのですね！　それは朗報です。

ですが、セイディーさんは開口一番、変なことをおっしゃっていました。

我に会長代行をやれと。

「あの、セイディーさんがいるなら、れっきとした会長がいるわけで……代行も何もないのでは……」

「私は副会長に負けた無念で、あのあと寝込んでいました。私がいないままでは話が進まないと思って、生徒会室にだけはやってきたけれど……戦闘できるような心理状態じゃないわ。だから、戦場に出向く会長代行は必要なの」

なるほど。筋は通ります。

会長が第二生徒会との戦いに不在なら代役は立てないといけませんが……。

「あの……戦闘できないとしても、指揮をとるぐらいなら——」

セイディーさんは左手を振って我の言葉をさえぎります。

「では、こうしましょう。これは会長からの命令です。ライカさんを代行に任命します！　どんな負け方をしようと、すべての責任は会長である私がとります！」

胸に手を当てて、セイディーさんは叫んでいました。

セイディーさんは泣きそうな顔をしていました。

当然でしょう、代行を立てること、それはセイディーさんが自分の敗北をさらけ出すことと同じなのです。

それでも、最低限の手続きだけは恥《はじ》を忍んでやるしかない。

苦しいでしょうが、それをセイディーさんはやっているのです。

「わかりました。非才ながら我が代行を務めます。必ず第二生徒会を叩《たた》きつぶします！」

「妥当なところね。だって、あなたが誰よりも戦おう、戦おうって顔をしてたんだもの」

リクキューエンさんの言葉にほかの方もうなずいています。

我はそこまで顔に出ていたでしょうか……？

「こ、こほん……それはいいとして、副会長も不在ですから、この場で副会長の代行を決めたいと思うのですが……」

今度は、あっさりと手が挙がりました。

「副会長は私がやるわ」

リクキューエンさんが当然のことのように言いました。

あまりにも、あっさりとしていたので、我はぽかんとしてしまいました。

「だって、上司が困っているなら、その背中を押さないといけないでしょ」

「上司と言わないでほしいですが…………わかりました。リクキューエンさんにすべて任せましょう」

リクキューエンさんはどうも我をサポートするのが天職とでも考えているところがある気がします。我としては、むしろリクキューエンさんに前に出てもらって、いろいろ働いていただきたいのですが、こういうのは性格の向き不向きというのがあるのかもしれませんね。

「ほな、書記担当の人が一時的に不在やなあ。まあ、兼任ってことにしてもろたらええんやけど」

トキネンさんに言われて気づきました。そういえば、書記も副書記も転属になってしまいましたね。どうせ、第二生徒会と戦っている間は書記の業務はできないですし、兼任でもいいのですが。

「そこは補充をするべきです」

セイディーさんがドアの前で立ったまま、言いました。

「敵は強力です。それどころか、何人いるかすらよくわからないんです。頭数は多いほうがいい」

それもそうですね。生徒会の役員なら堂々とこの戦いに参加していただけます。中途半端《ちゅうとはんぱ》な戦力で臨めば、悔《く》やまれる結果になりかねません。

「では、もし、書記をやりたいという方で心当たりがいらっしゃいましたら――」

「それは私がやろう」

生徒会室のドアがまた開きます。

次に入ってきたのは、ショートカット先輩でした。

「ノエナーレと言う。事務作業は大嫌いだが、第二生徒会だとかぬかす連中を倒す業務なら大歓迎だ」

「ショートカット先輩、来てくださったんですか！」

生徒会室に入ってこなそうな生徒ナンバーワンなのに。

「そなたのためではない。私は権力が大嫌いだし、権力を握るために権謀術数《けんぼうじゅっすう》を使う輩《やから》がもっと嫌いなだけだ。まして、そんな連中が生徒会として、私にまで口出ししてきたらと思うと虫唾《むしず》が走る」

ショートカット先輩は苦々《にがにが》しい顔で言いました。

この言葉にウソはないと思います。黙々《もくもく》と修行に励むだけのショートカット先輩にとって、計画的に生徒会を奪おうという発想は純粋に醜《みにく》いものに映るのでしょう。

「それとな、ライカ、そなたはずっと背中を押してもらいたがっているではないか。聞き耳を立てている間、こちらまでむずがゆくなってきていた」

「ショートカット先輩、ずっと聞いていたんですか！」

それはマナー違反というものです。

「ここにいるセイディーという人間と共に状況をうかがっていたぞ。もっとも、先客はセイディーという御仁《ごじん》のほうだ」

「ええ。すべてわかっていましたわ。お茶の用意もいたしておりますので、よろしければどうぞ」

「あっ！　二人分多かったのはそういうことだったんですか！」

エティグラさんの言葉に我は自分が何もわかっていなかったことを知りました。

やはりエティグラさんの先を見通す力は本物です。最初からセイディーさんの分もショートカット先輩の分も作って待っていたのですね。

「なんだかんだで、生徒会も心配してもろてるようでよかったですわ。ゆっくり来られはったら、お茶が冷めてまうところでしたもん」

トキネンさんが笑いながら、立ったままのセイディーさんを一瞥《いちべつ》しました。

「心配をかけてしまっている時点で、生徒会としては反省しなければなりませんわ。さあ、とっと第二生徒会を倒す決議をしませんこと？」

そういえば、エティグラさんはこの勝負の行方《ゆくえ》もわかっていたりするのでしょうか？

「ライカ会長代行、それはまだ見えていませんわ」

我が質問する前に、また先回りされてしまいました。

「それに、絶対に勝つというつもりで挑んでもらわなければ、勝負事は絶対に負けですわよ」

「おっしゃるとおりです。こんなところで怯《おび》えていてはいけませんね」

我はゆっくりと席を立ちました。

「それでは、第二生徒会と対決することを提案いたしますが、賛成の方は挙手をお願いいいたします」

全員の手が挙がったことは言うまでもありません。

◇

第二生徒会との対決方法はすんなりと決まりました。

というよりも生徒会の皆さんが我に一任してくださったのです。

「どうせなら、決戦の日時を決めて、そこでお互いの役員同士で決着をつけませんか？　当然、策を練って急襲するべきだという意見もあるかと思いますが……」

「『愚直《ぐちょく》のライカ』らしい正攻法だし、いいんじゃないかしら」

リクキューエンさんがまた余計なことを言いました。

「副会長、重要な戦いなんですから、ちゃちゃを入れないでください」

「私は真面目《まじめ》よ。敵はこちらを欺こうと思えばいくらでもできるのよ。警戒したって限界があるわ」

我が思っていた以上に、リクキューエンさんは腹を決めていたようです。

「せやなあ。それにずるいことして勝ち抜いたって噂が立ったら、第二生徒会の皆さんも困りますやろ。まさか役員同士で戦おうと言うてるのに、庶務が十五人おります、書記も十人おりますなんて言えへんはずやで。そないな勝ち方やったら誰も新たな生徒会やって認めへんさかいな」

「トキネンさんのご意見は我も正しいと思います。第二生徒会は自分たちが生徒会になり代わったあとは、挑戦を受ける側です。正面からの攻撃にも乗ってきてくれるでしょう」

敵の生徒会にぶつかっていく、それが決まったのでもう話すようなこともないのですが——

「どうせなら、いつ、どこで対戦するか、こちらの生徒会もビラをまいたらどうだ？　やるなら、とことんやってしまえ」

ショートカット先輩の案も採用となりました。

「話すことも済みましたし、ここからはお茶会にいたしましょうか」

エティグラさんが改めて全員分のお茶を淹《い》れてくださいました。

不思議なもので、いつのまにか我たちの間から不安な空気は消えてなくなっていました。

もう、あとは戦場に出向くだけ。そんな気持ちだったのです。

もしかしたら、エティグラさんがその時に自分たちの勝利を「わかって」しまい、その安堵《あんど》感が
ほかの役員にも伝わったのかもしれませんね。

もっとも、我はほかの皆さんにはない責任の重さを感じていましたが。

カラシーナさん、あなたに負けるわけにはいかないのです。

なぜなら我がレッドドラゴン女学院の生徒会長代行だからです。

あなたの野望、きっと打ち砕いてみせます！

◇

女学院の同窓会館は普段から使うような施設ではないため、レッドドラゴンの町から外れた丘の上にあります。女学院そのものも町から外れているのですが、その外れ具合がより大きいのです。

だからこそ、思う存分、戦うことができます。

第二生徒会がビラをまいてから最初の休日。

今日、レッドドラゴン女学院の生徒会は第二生徒会に勝負を挑むことを通告していました。

同窓会館のふもとには、すでに第二生徒会の役員とおぼしき方が集まっています。

そこに対峙《たいじ》する我たち生徒会の面々。

そして、離れたところには女学院の生徒たちが詰めかけています。女学院の頂点に立つ生徒会が決まる一瞬をこの目で確かめようとしているのでしょう。

我たちもビラを作った甲斐《かい》があるというものです。それに、このようにギャラリーがいる前であまりに狡猾《こうかつ》な手段をとることも難しいでしょう。ショートカット先輩はなんだかんだで堅実な手法を採用してくれたようです。

「第二生徒会庶務、白進《はくしん》のスフィーティア！」

「第二生徒会会計、響気《きょうき》のクムト！」

「第二生徒会書記、浄釘《じょうてい》のイツティリ！」

「第二生徒会副会長、鋼珠《こうしゅ》のノルコリス！」

第二生徒会の面々が名乗りを上げます。

しかし、会長のカラシーナさんだけがいません。

「向こうの会長だけは同窓会館の敷地から高みの見物というわけね。こっちを眺めてるのが、ここからでも見えるわ」

リクキューエンさんが同窓会館の建物のほうを指差しました。たしかに建物そばの崖のあたりから誰かがこちらを見ています。

「我もあそこに向かうことにします。それぞれが自分の役職と同じ方と戦う手筈《てはず》になっていますから」

「そうね。だけど、見物していってからでもいいわよ。どうせ、すぐに終わるし」

珍しくリクキューエンさんが楽しげな調子で言いました。

「せやなあ。うちもやるなら短期決戦しかありえへんし」

トキネンさんも愛用の巨大な木剣を撫《な》でながら言いました。

「うちら、少なくともカラシーナさんには舐《な》められとったみたいやなあ。破城槌《はじょうづち》みたいなもん、振り回すだけやと思われてたんかあ。もうちょっと人を見る目、勉強しはったほうがよかったんちゃいます？」

トキネンさんの言葉はやわらかいですが、殺気が我のところにまで届いていました。

もしかすると、自分が戦う相手をよく知っていたりするのでしょうか。

「うちは打撃一辺倒やから、特殊な攻撃にはかなわんやろってよく思われるんやわ。受けた恥《はじ》は雪《すす》がんとなあ。汚れたままでは格好がつかへんわ」

「ですわね。この生徒会を見限るのは構いませんが、まずは生徒会の実力を調べてからでも遅くはなかったでしょう」

エティグラさんもトキネンさんに同意するようなことを言ってはいますが、

「ふあ〜あ〜あ」

大きなあくびを手で隠していました。このままお昼寝をはじめてしまいそうなほど、弛緩《しかん》していきます。

ショートカット先輩は大きくため息をついていました。

「敵を見るに、所詮《しょせん》は急ごしらえか。それとも、向こうの首謀者は自分が強ければそれでいいと思っているのか。私の仕事は同じだから、どちらでもいいがな」

「書記として好きなようにやってしまってください」

「言われなくてもそうする。そなたが向こうの会長に負けたなら、私が仇《かたき》を討《う》ってやろう」

「頼もしいですね——と言いたいところですが、自分が戦いたいだけでしょう。そういうのは仇討《かたきう》ちとは言いませんよ」

代行とはいえ、会長。背負うものの重さは自覚しています。

セイディーさんが不利な環境だったとしても、会長であるセイディーさんがカラシーナさんに敗《やぶ》れたことは事実。

カラシーナさんの実力自体は本物なのです。

決戦の火ぶたは、第二生徒会の庶務である白進のスフィーティアさんが仕掛けたことで切られました。

彼女は砂煙を巻き上げて、エティグラさんのところに突っ込んでいきます。白進の「白」はこの砂煙の白さに由来するのでしょう。

たしかに離れていては、彼女がどこにいるのかまったく見えません。

その砂煙がこちらにも舞ってきて、我は目を閉じました。なんとも面倒な広範囲攻撃です！

やがて、風が起こり、砂煙《すなけむり》が去っていきます。

そのあとには、倒れ伏して頭を押さえているスフィーティアさんがいるだけでした。

近くには、やけに角が固そうな分厚い本を持っているエティグラさんが立っていました。

「どこに来るのかわかっていれば、恐るるに足りませんわ。凄狼《せいろう》のエティグラにかかれば、あなたの居場所は丸見えです」

「痛い……痛い……」

「視界が奪われた程度で惑うことなどありませんわ。カラシーナさんはわたくしを侮られたようですわね」

あの本の角をしっかりぶつけたんでしょう。自分の居場所をどれだけカモフラージュしても、それはエティグラさんには無駄《むだ》なのです。

続いて出たのは、敵の会計の響気《きょうき》のクムトさんでした。

「私の声は敵の心を破壊するのよっ！　ヴォアァ～ア～ア～ア！」

聞いたことのない異郷の音楽のような音色《ねいろ》が彼女の開いた口から流れてきます！

遠巻きに見ている見物客の方々からも悲鳴が聞こえます。

本当にノドから発せられているのかと疑いたくなるような奇妙な声は耳にした人の意識をおかしくさせるようです。

その声は不愉快なメロディーではないはずなのに、たしかに心を苦しめるのです！

倒れている人も出ているようなので、至近距離で耳にすることになったトキネンさんには大きな影響が表れているでしょう。

破城槌のような木の剣を振り回すトキネンさんにはこの攻撃を防ぐ手段もないはず……。これは桐柱《とうちゅう》のトキネンさんといえども不利なのでは……。

「あ～はっはっはっはっは！　ははははっ！」

普段のトキネンさんからは考えられないような大笑いが響き渡りました。

まるで敵の声に対抗するように、口を大きく開けて。

「苦しいなあ！　倒れそうやなあ！　でもな、足らへんで！　うちがあんさんを一撃で仕留めるまでにこの声でつぶせへんのやったら――よくて引き分けやっ！」

トキネンさんは鬼気迫る表情で巨大な柱を振り上げました。

そして、瀕死《ひんし》の兵士のごとく、心を破壊する声の源であるクムトさんのほうへとよろよろと近づきます。

「ヴォアァ、アァッ！　ヴォ～ア～！　ヴォオオォ！」

クムトさんの声がさらに強まります。先にトキネンさんを倒してしまおうということなのでしょう。

しかし、トキネンさんは「ひゃあああっ！　うああぁっ！」と絶叫しながら前へと突っ込みます！

破壊の音と精神力のぶつかり合いっ！

そして、トキネンさんがついに倒れました。

ただ、倒れた拍子にその柱はクムトさんの脳天を直撃していました。

クムトさんもそのまま昏倒《こんとう》。

両者の意識がなくなったので、この勝負、引き分けということでしょうか？


この戦いに比べると書記同士の勝負は純粋な格闘技のようでした。

「第二生徒会書記、浄釘《じょうてい》のイッティリ！　いざ参る！」

髪を後ろで編み込んだポニーテールにしているイッティリさんは掌底《しょうてい》をショートカット先輩に次々と打ち込んでいました。

敵に埋め込むようなこの掌底が釘のようだということなのでしょう。彼女の瞳もまっすぐに澄んでいて、敵ながら立派な武道家だということがわかります。

ただ、その掌底を喰《く》らい続けているショートカット先輩は微動だにしません。

ですが、表情だけは満足そうに笑みをたたえています。

その間、敵のイッティリさんも決してひるまずに攻撃を繰り返すので、まるで壁に向かっての修行風景のようでした。

「よい攻撃だっ！　なんだ、こんなふうに戦えるのではないか。別に卑怯者の集まりではないのだな。よいぞ、よいぞ！　そなたの攻撃に肉体が悲鳴を上げているっ！」

笑いながら、ショートカット先輩は吠《ほ》えています。

きっと、この攻撃を受け続けることも修行の一つだとでも思っているんでしょう。

「しかし、足らんな！　釘《くぎ》が刺さった程度では何にもならんぞ！」

ショートカット先輩の右拳がイッティリさんの頬《ほお》を殴りつけます。

その時には、もう左拳もイッティリさんの逆側の頬を打つために迫っていました。

攻勢に出たら、決して手をゆるめない。

わずかな間に十発以上の打撃を受けたイッティリさんは前のめりに倒れました。

「対戦……ありがとうございました……」

その言葉とともにイッティリさんは沈黙しました。最後に礼を言うとは見事な武道家精神です。

そして、副会長になったリクキューエンさんは金属製の球が連なった武器を振り回す、鋼珠《こうしゅ》のノルコリスさんに向かっていきました。

「この鉄球捌《さば》きに一切《いっさい》の隙《すき》はないから、あなたの攻撃も効かな――」

言葉が言い終わらないうちにノルコリスさんの足が泳ぎました。

潜るように突っ込んでいたリクキューエンさんが相手の右足をつかんでいたのです。

ノルコリスさんの体がバランスを崩して、前に大きく傾《かたむ》きました。

嗚呼《ああ》、終わりました。

龍速《りゅうそく》のリクキューエンさんの速度を前にして、そんな無防備な時間を作ってしまっては……。

ふいに、遠くのリクキューエンさんと目が合いました。

「会長代行、行きなさい。私たちのほうは見届けるまでもないわ」

その間もリクキューエンさんは敵に攻撃を放ち続けていました。よそ見する余裕ぐらいはあるということです。

「そのようですね。生徒会を軽々と凌駕《りょうが》するだけの人材はカラシーナさんも集められなかったということですか」

「あんまり弱かったら、あなたのお姉さんにクビにされてたわ」

それもそうです。

我は自分たちの生徒会を過小評価して、勝手に不安になっていたのかもしれませんね。

それこそ、この生徒会に立ち向かえる力といえば、結局、副会長を務めていたカラシーナさんだけというオチではないですか。

どうやら最初から、カラシーナさんに勝てるかどうかという話だったようです。

「いいでしょう。会長代行としての仕事もしないといけませんから」

カラシーナさんは丘の上で静かに待っていました。

しかし、表情だけは乱世の梟雄《きょうゆう》と言うにふさわしい笑みで覆《おお》われていました。まるで味方が敗れたことすらも楽しんでいるような、そんな狷介《けんかい》なところがありました。

「第二生徒会の役員がふがいなくて、ごめんなさい。気概だけはある方々だったのだけど、それだけでは話にならないですね。弱いことは悪です。歯向かうからには勝たなければ」

「極論だと思いますが、この女学院ではそれが正しいのかもしれませんね。ああ、申し遅れました、生徒会長代行としてあなたの罪を糺《ただ》しに来ました、ライカです」

「罪はありませんよ。弱々しい生徒会に挑んだだけです。生徒会が文句《もんく》なく強ければ、自分が会長をやろうだなんて思わないでしょう？」

「では、我たちが完勝して弱々しい生徒会というものが事実誤認だと認めさせます！」

カラシーナさんは剣を抜くと、それを地面のほうに振り下ろしました。

同時に地面が砕けて礫《つぶて》が舞います！

目に石が入りそうになり、とっさに目を閉じます。

その隙を狙《ねら》うようにこちらに衝撃波が正面からやってきます！

「くうっ！」

強い一撃に一歩後ろへ退きます。

衝撃波というと、致命的なダメージにはならない補助的な攻撃というイメージですが、この方の場合はそんなことはありません。鍛えていなければ、一撃を喰らっただけで終わっていたでしょう。

「一回はしのぎましたね。ちなみにセイディーさんは八回受けて倒れました。一回目はちょっと不意打ち気味でしたが」

「ずるくはありますが――不意打ち程度で不利な状況になるなら、セイディーさんの咎《とが》ですね」

我たちの価値観はドラゴンの中でもずいぶん特殊なのだと思います。

普通は不意打ちをしたほうが非難されて終わりです。

しかし、ここは女学院。

いわば女学院で生きているだけで、それは常に戦場なのと同じなのです。

だから、「不意」が存在していたセイディーさんのほうにも問題があると言わねばなりません。

「あなたの考えは私とほとんど同じではないですか?」

次の衝撃波!

これもかわせないので、我は正面から受けます。

たしかにあまり何度も受けてはまずいですね。先ほどのショートカット先輩のような戦い方は無理です。

もっとも、我もここで倒れるわけにはいかないのです。

カラシーナさんと全力で戦えた機会などこれまでなかったですから。

力には力をぶつけろ。

我は口を開き――火炎を吐きます。

衝撃波にぶつけるように。

相殺《そうさい》に成功しましたね。

一気に間合いをつめる。我の間合いに。

「させませんよっ！」

なおもカラシーナさんは剣を振るおうとします。

我に接近を許せば自分が不利になることは向こうも百も承知のはず。

ここは強引にでも衝撃波で再び距離を開けるのが正しい手でしょう。

だから、我も強引にいかせてもらいます。

我はその剣に拳《こぶし》をぶつける！

「なっ！　無茶苦茶《むちゃくちゃ》なっ！」

そうなのでしょうね。しかし、無茶苦茶だろうとなんだろうと、勝てばいいのです。

我の手の甲から血が飛び散りましたが、たいしたことではありません。

衝撃波を防ぎ、カラシーナさんのふところに入るチャンスを得たのですから！

「これで決めます！」


カラシーナさんの左肩に拳を打ち込みました。

カラシーナさんはそのまま転がっていき、同窓会館の壁に当たって止まりました。

「あなたの……勝ちですね……」

空を見上げながら、呆然《ぼうぜん》自失の体《てい》でカラシーナさんはつぶやきました。

「その言葉、フェイクではないと受け取りますよ」

勝ったとわかった途端、我の右手に痛みが戻ってきました。血が出ているし、しかもさんざん武器として使ってきたし、当たり前です……。

「早く手当てをしないといけませんね……」

生徒会を名乗る新たな集団が現れるまでに治療できればいいのだから、きっと間に合うでしょう。

◇

無事に第二生徒会は消滅して、生徒会分裂は比較的短期間で幕となりました。

もっとも、生徒会が再出発するにはもう少し時間が必要でした。

あのあと、セイディーさんは改めてカラシーナさんと勝負を行いました。今度はセイディーさんの茜光《せんこう》が心置きなく吐ける広々とした場所でです。

その戦いも決して簡単に決まったものではありませんでしたが、最後まで立っていたのはセイディーさんのほうでした。衝撃波で自分が倒れる前に、カラシーナさんを倒すことに成功したのです。

実のところ、かなりきわどい勝負だったので、もし再戦でもカラシーナさんが勝ったら今頃《いまごろ》どういうことになっていただろうと怖くなる時もありますが……。敗れたのなら、多分セイディーさんは生徒会長を辞めていたでしょう……。

これをもって、ようやくセイディーさんは会長に戻り、生徒会も再出発することとなったのです。

もっとも、それはあくまでも再出発であって、復活とは呼べないものですが……。

「副会長、副会長、書類のチェックをお願いするわ」

書記のリクキューエンさんが我のところに書類を持ってきます。

「あの、一度言われればわかります。いえ、一度だって言わなくたってわかりますよ。我と目が合っていたじゃないですか」

「副会長であることは事実なんだから、何度呼んだっていいんじゃない？」

副会長になった我に対する新手のイヤガラセです。本人は決してそれを認めませんが、意図は明らかです。

元の生徒会の副会長はカラシーナさんでしたから、彼女をそのまま留めおくのはさすがにまずいということになり、我が会長代行から副会長にスライドしたというわけです。

結果的に書記だった時より責任が重くなったので、我だけで考えてみれば損《そん》な役回りです。

リクキューエンさんはショートカット先輩がすぐに辞任（いや、辞めるとすら厳密には言ってなくて、修行同好会に戻っただけですが）してしまったので、書記に入りました。かつて書記のポストはリクキューエンさんが就いていたので、ようやく元のポストに戻ったという言い方もできます。

ただ、今回の生徒会再出発はそんな単純なものではありません。

生徒会室の中にあるドアが開きました。隣のかつて物置きだった部屋とつながっているドアです。

そこから出てきたのは書類を持ったカラシーナさんでした。

「副会長、こちら、確認は終わりましたよ」

「はい、副生徒会の会長、お疲れ様です」

この役職の呼称、ややこしいなと思いながら我は書類を受け取りました。

第二生徒会の事件が収まったあと、生徒会の下に「副生徒会」なるものが設置されることになったのです。

提案したのはセイディーさんでした。

元々、生徒会は忙しかったのだから、もう一つ作ってしまえばいいというのです。

それにカラシーナさん自体の実力が生半可なものでないことは事実で、そんな方とその仲間を外部に放り出すのは次の内紛を生み出す危険がありました。そこで組織に組み込むことになったのです。

副生徒会は隣の物置きを整理して設置しています。給湯室に当たるスペースはこちらと共用ですが、それ以外にさしたる不便はないようです。

「それでそちらの会長は何をしてるんですか?」

「今は休憩中のようです」

我の視線の先には、エティグラさんが淹《い》れたお茶をトキネンさんと談笑しながら飲んでいるセイディーさんがいました。

「いろいろあったんだから、しばらくはゆっくりさせてください。仕事も副生徒会ができて回っているんですし」

セイディーさんはそんなことを言っています。

「ただ、そちらの会長がだらけているようだと、私がまた下克上《げこくじょう》を起こしますよ」

「我もその下克上が起きた時は加担するかもしれません」

カラシーナさんに乗っかって、軽口を叩《たた》かせていただきました。

生徒会がたるんでいると思われたら変更が行われるということ自体は民主的なことですからね。

「また、打倒されるのはあまり楽しいことではありませんね……。お茶も苦く感じますよ……」

思い出したくないことを思い出したらしく、セイディーさんは顔をしかめました。

ただ、その目が大きく見開かれました。

何か思いつくことでもあったのでしょうか。

「そうだ。もう、今のうちに副会長と会長の座を交代してもらいましょう。そもそも騒動を収めたのも副会長のライカさんですし」

「げっ」

そんな声が漏《も》れました。

「やめてください！　そんなにあっさりと会長の座を手放そうとしないでください！　すでに今年の生徒会は人事異動が大変ややこしいんですから！」

「それには副生徒会も応援しますよ。私の政権はライカさんの会長代行時代に倒されたわけですし」

「カラシーナさんもやめてください！　生徒会長なんて絶対にしませんからね！」

せっかく問題を解決したのに、我が損《そん》ばかりするのは納得いきません。これには厳重に抗議します！

するとと、またこっちにやってきたリクキューエンさんが真顔でこう言いました。

「会長、会長」

「だから、イヤガラセはいいかげんにしてください！」

終わり

あとがき

お久しぶりです、森田《もりた》です！　十九巻です！　素数です！

十九って数字としては、たいへんキリの悪い数字なので、十九歳記念とか十九回記念みたいなものはあまり聞かないのですが、こんなに続いてよかったなと思います。

もはやはるか前に過ぎ去ったことの話ですが——自分が本作の十巻を出した時、「やった！　初めて二桁の巻数に達する本が作れた！」と感動したのと同時に、「きっと長くても、常識的に考えて十七巻あたりで終わるのだろうな」と思っていました。

ですが、あれよあれよと巻を重ねて十九巻というところにまで来ていました。当たり前にもほどがあるので文字にすると頭悪く見えるのですが、次は二十巻です。

十巻でゴールしたような気持ちになっていたのに実は折り返しにすぎなかったとは……。できれば二十巻では記念に何かやりたいなと思っています。

二十巻が出た時にはよろしくお願いいたします！

……やっぱり、十九という数字が半端なせいか、結局二十という数字について語ってしまっている。十九は地味な数字……。

何か十九にまつわるネタはないかと検索してみましたが、とくになかったです。十九倍のことをノヴェムデキュプルと言うそうですが、これを読んだ人の九十九パーセントは翌日には忘れてると思います。

さて、今回の告知のコーナーです。

コミカライズ最新巻がこの十九巻とほぼ同じタイミングで出ます！

シバユウスケ先生のコミカライズは十巻が発売です！　こちらも二桁です！　すごい！　文句なしにすごい！

コミカライズもどんどんキャラが増えてきて、「本領発揮だな（どこ目線だ）」と思っております。

原作のほうでも、ちょうどにぎやかにしていく方針に本格的に舵《かじ》を切ったあたりです。今となってはサンドラの前後に出てきた新キャラなんて、ずいぶんな古参キャラですね……。

そして、さらにさらに羊箱《ひつじばこ》先生のライカ・スピンオフ作品の『レッドドラゴン女学院』コミカライズ一巻も発売です！

これだけドラゴンが登場する漫画は（基本的に人間形態だけど）ほぼないかと思います。ライカファンの方はぜひとも、こちらもゲットしていただければ！　もちろん、広く「スライム倒して300年」シリーズのファンの方もゲットしてください！

ひたむきで真面目なライカをとことん堪能《たんのう》していただけるはずです！

ライカは言うまでもなく真面目《まじめ》な性格なんですが、その分、本編であまりライカを先走らせると話が成立しないことが多く（つまり、ライカだけの話になる）、実はライカがメインになってる話は多いようで少ないです。

「いや、けっこう多いと思うよ」と言ってもらえると、それはそれでうれしいんですが、作者としては、ライカをストレートに活躍させられないことに、もったいなさを感じたこともありました。

そんな消化不良をドカンとぶっ壊してくれたのが、『レッドドラゴン女学院』の話でした。こちらはライカが本当にライカらしく動いてくれているなと僕は思っています。

コミカライズもまだまだ続きますので、よろしくお願いいたします！


やはり十九はキリが悪いのか、告知内容がコミカライズだけになってしまいましたが、二十巻の時にはもっといろいろ告知できそうな予定なので、お楽しみに！


さて、今回も謝辞を。

イラスト担当の紅緒《べにお》先生、いつもありがとうございます！　紅緒先生に描いてもらった枚数も累計でとんでもない数になってきましたね。多分これからも性懲《しょうこ》りもなく新キャラが出てくると思いますし、今後とも二人三脚でお願いいたします。

そして十九巻も買ってくださった読者の皆様に本当に感謝いたします！　少なくとも僕の家の本棚には十九巻まで並んでいるライトノベルはないです（そもそも十九巻まで出てるライトノベルが限られてますけど……）。毎回ありがとうとしか言えないので、次の二十巻ではもっと正式に言いたいなと思います。

ここまで続いたものを一気に変えちゃダメですし、変えることもできないんですが、一切変化がないのもよくないので、微妙なマイナーチェンジをしつつ、新しい話をどんどん紡《つむ》いでいきたいと思います。

二十巻も、もちろんその先もよろしくお願いいたします。

森田季節

GAノベル

スライム倒して300年、知らないうちにレベルMAXになってました1

2021年12月31日　初版第一刷発行

著者　森田季節
発行人　小川 淳
発行所　SBクリエイティブ株式会社
〒106-0032　東京都港区六本木2-4-5
03-5549-1201　03-5549-1167（編集）

装丁　AFTERGLOW
印刷・製本　中央精版印刷株式会社

乱丁本、落丁本はお取り換えいたします。
本書の内容を無断で複製・複写・放送・データ配信などをすることは、
かたくお断りいたします。
定価はカバーに表示してあります。
©Kisetsu Morita
ISBN978-4-8156-1347-1
Printed in Japan

ファンレター、作品のご感想をお待ちしております。
〒106-0032　東京都港区六本木 2-4-5
SBクリエイティブ株式会社
GA文庫編集部 気付

「森田季節先生」係
「紅緒先生」係

本書に関するご意見・ご感想は
下のQRコードよりお寄せください。
※アクセスの際に発生する通信費等はご負担ください。

https://ga.sbcr.jp/

第15回 GA文庫大賞

GA文庫では10代～20代のライトノベル読者に向けた
魅力あふれるエンターテインメント作品を募集します！

イラスト／ファルまろ

大賞賞金300万円＋ガンガンGAにてコミカライズ確約！

◆募集内容◆

広義のエンターテインメント小説（ファンタジー、ラブコメ、学園など）で、日本語で書かれた未発表のオリジナル作品を募集します。希望者全員に評価シートを送付します。

※入賞作は当社にて刊行いたします。詳しくは募集要項をご確認下さい。

応募の詳細はGA文庫公式ホームページにて

https://ga.sbcr.jp/